KB264298
3
4
1
2
19
16
21
22

지은이 **카린 엘란드손**

1978년 니카를레비에서 태어나 지금은 남편과 세 아이와 함께 올란드 제도의 마리에함에 살고 있다. 2014년에 소설 『밍크 왕국 Minkriket』으로 데뷔해 다양한 장르와 연령대를 아우르는 도서를 출간했다. 13년 동안 기자로 일하다가 2018년부터 작가로 활발하게 활동하고 있다. 여러 차례 북유럽 문학상 후보에 올랐으며, 핀란드 루네베리 주니어 상을 두 차례 수상했다.

옮긴이 **이호은**

한국외국어대학교 스칸디나비아어과를 졸업한 뒤 오랫동안 출판사에서 기획편집과 번역을 했으며, 지금은 프리랜서 번역가로 활동 중이다. 옮긴 책으로는 『소녀와 새』, 『산다는 것은』, 『줄이 길어도, 아이스크림』, 『오싹오싹 해골 친구』 등이 있다.

카린 엘란드손 지음 페테르 베르이팅 일러스트 이호은 옮김

크리스마스 야간열차

굴

차례

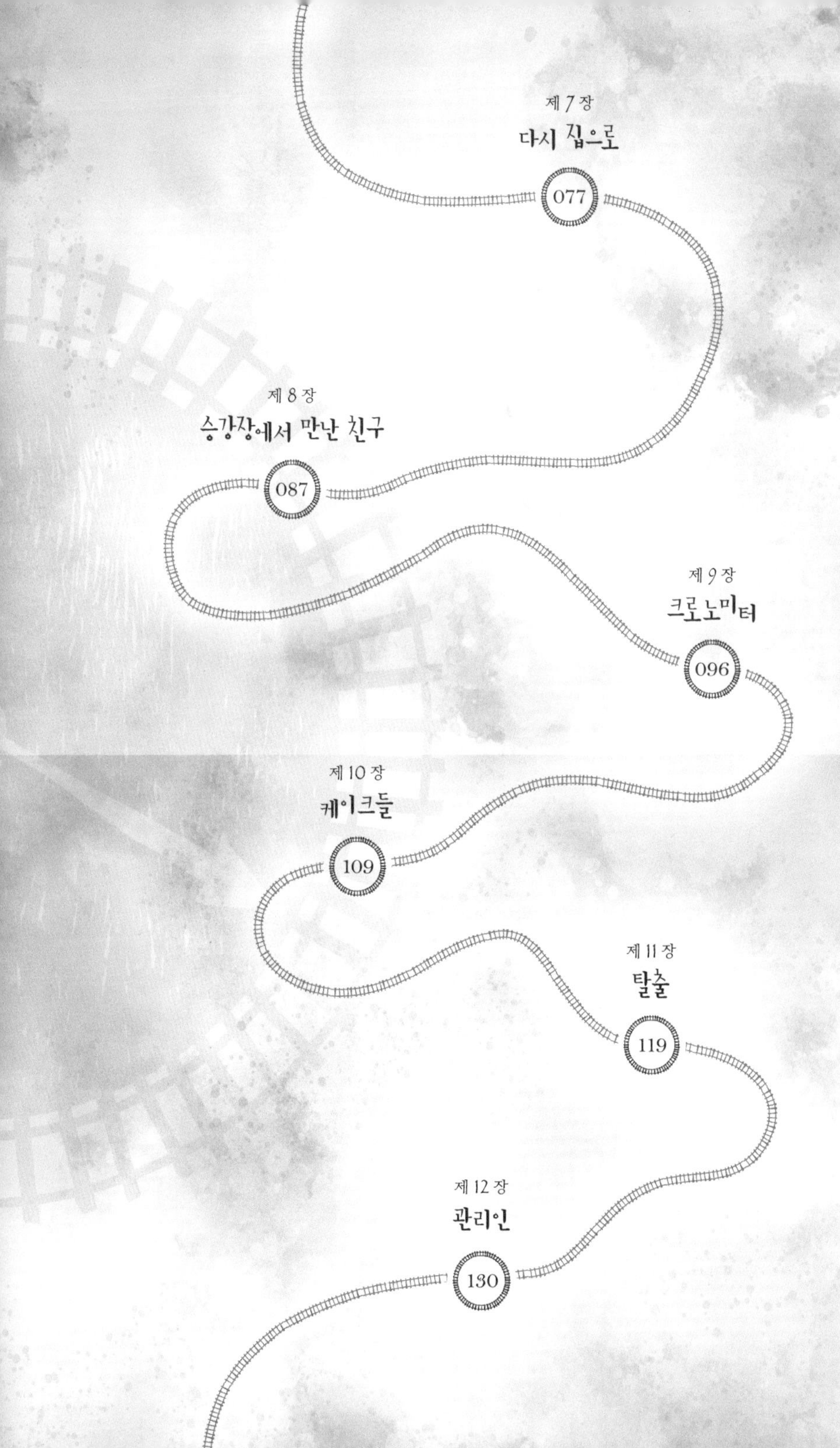

제 13 장
외양간지기 스테판
146

제 14 장
설계도
158

제 15 장
롤러코스터
168

제 16 장
사라진 추적자
177

제 17 장
집
186

제 18 장
계획
196

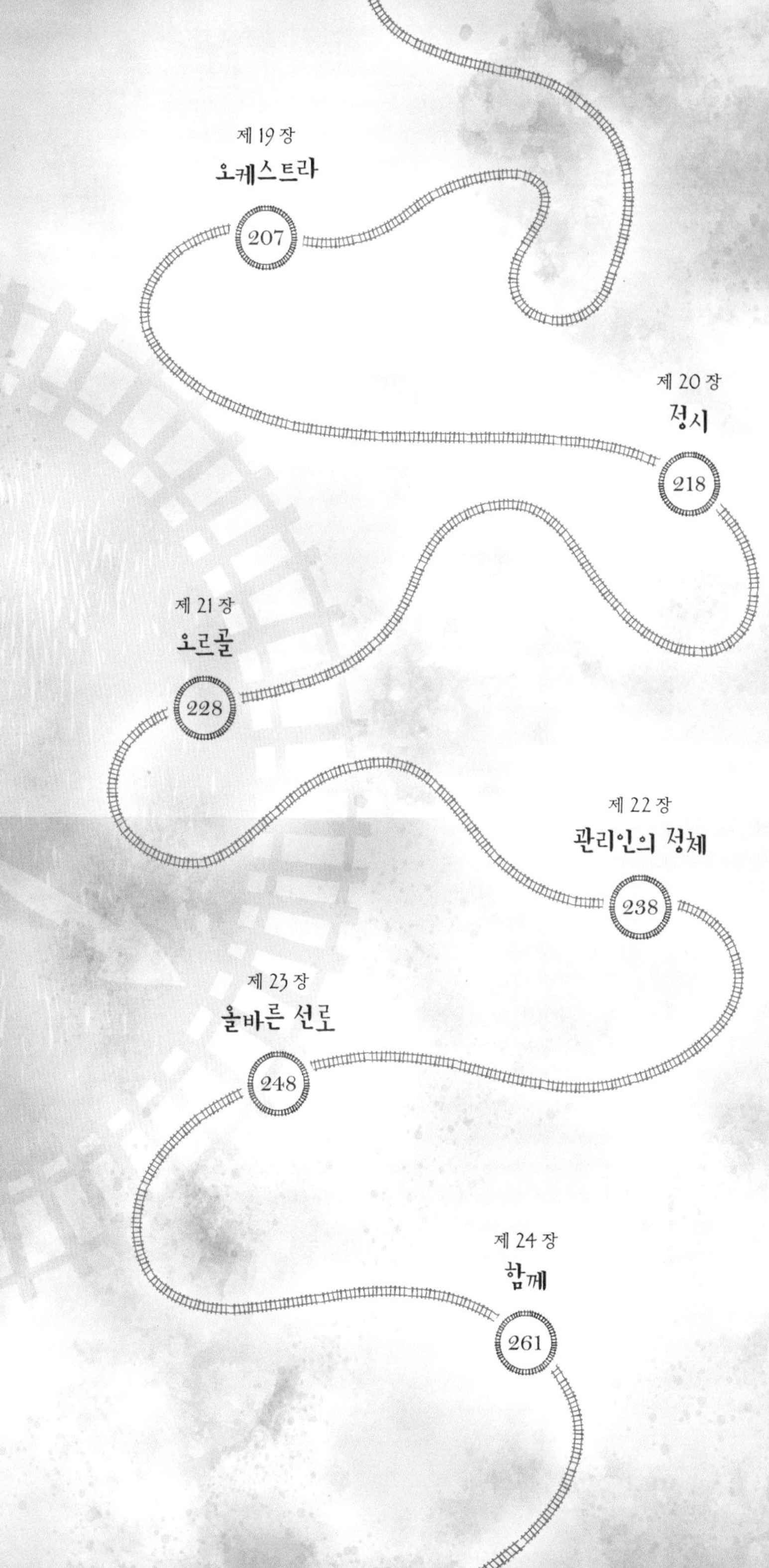

제 19 장
오케스트라
207

제 20 장
정시
218

제 21 장
오르골
228

제 22 장
관리인의 정체
238

제 23 장
올바른 선로
248

제 24 장
함께
261

제 1 장

할머니의 서랍장

"열쇠는 반드시 두 번 돌려야 해."

할머니는 단야를 바라보며 같은 말을 반복했다.

"두 번 돌려야 해. 잊지 말거라, 단야야. 확실히 기억했니?"

"할머니, 어떤 열쇠를 말씀하시는 거예요? 창고에 있는 거 말이에요?"

할머니는 고개를 저었다.

"창고라니? 열쇠 말이다. 열쇠."

"또 오락가락하시네요."

단야는 엄마가 자주 하던 말이 기억나 똑같이 말했다.

"어떤 열쇠를 말씀하시는 건지 잘 모르겠어요, 할머니."

크리스마스이브가 되기 몇 주 전에 단야와 언니 난다, 엄마와 아빠는 할머니 집으로 왔다. 매년 이어온 가족의 전통이다. 그동안 단야와 난다는 학교에 가지 않고 스스로 공부를 해야 했다. 엄마는 모두가 함께할 시간을 온전히 가지기 위해서라고 했고, 아빠는 크리스마스에는 서로를 위해 시간을 보내는 게 가장 중요하다고 말했다.

할머니는 오래된 역사에서 살았다. 예전에는 열차가 할머니와 할아버지 집의 현관 계단 바로 앞으로 지나다녔다. 아래층에는 부엌과 매표소가 있었고, 넓은 대합실에는 벽을 따라 긴 벤치들이 놓여 있었다. 할머니와 할아버지는 위층에 살았다. 역장이었던 할아버지는 열차가 올 때마다 계단을 내려갔다. 할머니는 할아버지가 열차 시간표를 마치 손목에 새겨 놓은 것처럼 줄줄 외웠다고 말하고는 했다.

"네 할아버지는 모든 열차를 멈추게 할 수 있었지. 할아버지가 빨간 깃발을 들고 팔을 뻗으면, 초록색 깃발을 들기 전까지 모든 열차가 출발할 수 없었단다."

할머니는 종종 이런 이야기도 들려주었다. 이 말을 하면서 할머니는 부엌에서 따뜻한 시나몬롤을 설탕에 굴렸다.

"나는 반죽을 언제 구워야 승객들이 역에 도착했을 때 딱 알맞게 따뜻한 시나몬롤을 먹을 수 있는지 정확히 알고 있었단다. 사람들은 열차를 기다리면서 시나몬롤을 먹었고, 열차에서 내린 사람들도 집까지 갈 힘을 내기 위해 하나씩 집어 들었지."

이제 열차는 더 이상 지나가지 않고, 할아버지도 수년 전에 돌아가셨지만, 할머니는 여전히 시나몬롤을 구웠다. 그런데 작년 12월, 할머니 집에 왔을 때는 반죽에 이스트 넣는 것을 깜빡해 빵이 시멘트처럼 딱딱했다. 엄마는 나이가 들면 그럴 수 있다고 말했다. 자신뿐 아니라 과거에 기억하던 모든 것을 잊어버린다고.

그래도 단야는 할머니가 반드시 어딘가에 남아 있어야만 한다고 생각했다. 레시피 같은 것은 다 잊어버렸을지라도, 할머니의 존재 자체는 여전히 남아 있어야만 하지 않을까? 어릴 적 단야와 함께 인형 놀이를 하고, 서랍장에서 물건을 잔뜩 꺼내 주던 할머니. 그동안 역을 거쳐 간 승객들의 이야기를 들려주던 할머니. 무엇보다 세상에서 가장 맛있는 시나몬롤 레시피를 기억하던 할머니.

차가 멈추자, 단야는 빠르게 승강장을 건너 역사 안으로 뛰어 들어갔다. 그러고는 곧장 할머니 방으로 올라갔다.

"저희 왔어요!"

방은 평소와 같았다. 침대 기둥에 자그마한 종이 매달려 있었고, 침대 옆 서랍장 위에는 작은 종이배들이 초콜릿이 담긴 그릇까지 나란히 늘어서 있었다. 그리고 침대 밑에는 할머니의 슬리퍼가 가지런히 놓여 있었다.

할머니는 단야를 보며 눈썹을 찡그렸다.

"두 번이다. 열쇠는 두 번 돌려야 해."

계단을 한 번에 여러 칸씩 뛰어 올라온 단야는 숨을 헐떡였다.

"여기까지 오는 데 하루 종일 걸렸는데, 드디어 도착했어요!"

"하루 종일 걸렸다고?"

"할머니, 저 단야예요! 저를 또 잊으신 거예요?"

할머니는 다시 눈썹을 찡그렸고, 마치 십자말풀이에서 어려운 단어를 만난 듯한 표정으로 단야를 쳐다보았다.

"열쇠는 아직도 못 찾았니?"

단야는 아래층에서 가족들이 문을 열고 가방을 옮기며 집 안으로 들어오는 소리를 들었다.

"할머니 물건들 사이에 열쇠가 있는지 찾아볼까요? 서랍장에 있을 수도 있잖아요."

할머니는 "그게 좋겠다. 그게 좋겠어."라고 말하며 눈을 감았다.

서랍장은 원래 매표소 뒤 역장실에 있었다. 할아버지는 서랍마다 종이와 영수증, 열차표를 분류해 놓았다. 열차 운행이 중단되자, 할머니와 할아버지는 그 서랍장을 방으로 옮겼다. 서랍장이 커서 단야는 맨 위 서랍을 열려면 까치발을 해야 했다.

서랍장 위에는 사진들이 너무 많아 더 놓을 자리가 없을 정
도였다. 코가 크고 콧수염을 길렀던 할아버지. 모두 단야가 할
아버지를 닮았다고 말했지만, 단야는 그렇게 생각하지 않았다.
밝은색의 긴 머리인 단야와 달리 할아버지는 대머리였다. 할아
버지의 파란색 역장 모자는 마치 달걀 위에 떠 있는 것처럼 보
였다.

악보 더미 위에는 할머니가 어린 시절에 소와 함께 찍은 사
진이 있었고, 단야와 난다가 매표소에서 노는 모습이 담긴 사
진도 있었다. 할아버지의 역장 모자를 쓴 단야가 난다의 농담
을 듣고 웃는 모습이었다.

할머니는 그동안 서랍장을 한 번도 정리하지 않은 채 계속
해서 물건을 넣었고, 끝내 서랍이 닫히지 않을 정도로 가득 차
게 되었다. 단야가 서랍을 열 때마다 전에는 본 적 없는 새로운
물건들이 나왔다. 그중에서도 맨 아래 서랍이 제일 엉망이었
다. 할머니는 거기에 나중에 쓸지도 모르는 모든 것을 넣어 두
었다. 오래전에 쓰다 남은 새끼줄, 거의 다 타버린 양초, 부서진
생강 쿠키 틀과 천 조각들이 들어 있었다. 다음 칸에는 카디건
몇 벌과 짝이 맞지 않는 양말들이 있었고, 그 사이에는 라벤더
향이 나는 작은 주머니도 끼워져 있었다.

이번에는 서랍장 가운데 있는 책상 상판을 펼쳤다. 그 뒤에
는 작은 서랍들이 있었다. 단야는 이 서랍들이 제일 재미있다

고 생각했다. 그중 한 칸에는 오래된 연장들, 드라이버와 작은 펜치, 그리고 단야가 그동안 봤던 것 중에 제일 작은 망치가 있었다. 그 물건들을 보자 할아버지가 떠올랐다. 할아버지는 무엇이든 고칠 수 있었다. 할아버지는 승강장에 서서 열차에 수신호를 줄 때가 아니면, 늘 안경 위에 확대경을 덧쓰고 책상에 앉아 망가진 물건들을 모두 고치고는 했다.

다른 서랍에서는 금빛 무늬의 붉은 비단 리본이 나왔다.

"할머니를 위한 선물이었나요? 이거 받을 때 기쁘셨어요?"

"그럼, 그럼. 젊었을 때 선물도 받았지."

할머니는 여전히 눈을 감은 채 대답했다.

단야는 색색의 캐러멜 포장지가 들어 있는 서랍, 손전등만 들어 있는 서랍, 보석이 들어 있는 서랍도 열어보았다.

다음 서랍은 유독 빽빽했는데, 잘 열리지 않아서 힘을 줘서 당겨야 했다. 그 안에는 정원 일을 할 때 쓰는 장갑과 초록색 손잡이가 달린 삽, 분홍색 비누가 들어 있었다.

"이건 한 번도 본 적이 없는 거네요."

단야는 이렇게 말하며 꿀이 든 병을 꺼내려 애썼다. 병이 서랍에 걸려 있는 바람에 겨우 서랍을 열었다.

"할머니, 왜 서랍장에 꿀을 넣어두셨어요?"

할머니는 고개를 저었다.

"자기 서랍장 안에 뭐가 들어 있는지도 기억 못 하시다니.

할머니는 잊어버리는 데는 선수야, 선수."

단야는 혼잣말로 조용히 중얼거렸다.

그다음 서랍에는 우표보다 작은 크기의 책들이 들어 있었다. 엄마도 집에 똑같은 것을 가지고 있었는데, 어렸을 때 교회 주일학교에서 받았다고 했다. 그뿐 아니라 찌그러진 풍선과 플라스틱 오리 인형, 분필 상자도 있었다.

가장 작은 서랍에는 안경들이 들어 있었다. 적어도 스무 개는 되어 보였다. 모두 역을 지나던 승객들이 잃어버린 것 같았다.

단야는 할머니의 슬리퍼를 신고, 숄을 머리에 두르고, 검은 테 안경을 썼다.

"실례합니다. 저는 초콜릿을 파는 상인인데, 몇 가지는 제가 맛을 좀 봐야겠군요."

단야가 갈라지는 목소리로 말했다. 할머니는 단야가 그 안경을 쓸 때마다 늘 웃었지만, 이번에는 눈도 뜨지 않았다. 단야는 옷을 벗고 한숨을 쉬었다.

'침대 밑에 있는 상자를 꺼내면 할머니가 좋아하실지도 몰라. 크리스마스트리 장식이 든 종이상자.'

할머니는 평생 크리스마스트리 장식을 모았다. 파란색, 노란색, 줄무늬, 물방울무늬의 장식들이었다.

"이건 내가 제일 좋아하는 거예요!"

단야가 큰 초록색 구슬을 들어 올렸다. 반짝거리는 구슬은 마치 작은 디스코 볼처럼 보였다.

"우리 자리를 옮겨야 해."

할머니의 갑작스러운 말에 단야는 깜짝 놀랐다.

"누가 자리를 옮긴다고요?"

할머니는 단야의 말은 들리지 않는 것처럼 계속 말을 이어 갔다.

"네가 그 열쇠만 찾으면 모든 게 괜찮아질 거야. 그리고 꼭 두 번 돌려야 한다. 한 번이 아니라 두 번. 잊지 않았지?"

제 2 장

양초

아래층에서 문이 꽝 닫히는 소리가 났다. 아빠가 커피를 끓이고 핑거푸드를 준비해야 한다며 소리쳤다.

"열쇠."

할머니가 다시 한번 말했다.

"찾아보렴. 어딘가에는 있을 거야."

"현관문 열쇠요? 그건 늘 그랬듯 화분 아래에 있어요."

"아니야. 은으로 된 더 작은 열쇠란다."

할머니는 작은 목소리로 중얼거리며 엄지와 검지로 열쇠의 크기를 가늠했다.

"두 번. 열쇠는 두 번 돌려야 해."

또다시 같은 말을 반복하던 할머니가 갑자기 흥얼거리기 시작했다. 마치 박자에 맞춰 걸어갈 수 있도록 만든 행진곡 같은 노래였는데, 단야가 한 번도 들어본 적 없는 멜로디였다. 단야는 소름이 끼쳤다. 할머니가 원래 모습으로 돌아오면 좋겠다고 생각했다. 열쇠 이야기를 꺼내지 않고, 단야가 모르는 노래도 부르지 않던 그때로.

"할머니, 제가 열쇠를 찾아볼게요. 약속해요."

할머니는 노래를 멈추고 가느다란 손으로 단야의 팔을 꽉 붙잡았다.

"네 할아버지가 모든 걸 마무리하기 전에 돌아가셨단다. 정말 어처구니없는 일이지. 그렇고말고."

"모든 걸 마무리한다고요?"

단야는 계속 자신이 이해할 수 없는 말만 반복하는 할머니의 생각을 다른 곳으로 돌리려고 했다.

"할머니, 이제 곧 크리스마스 파티를 할 거예요! 엄마 아빠 친구들도 다 오신대요. 잠깐이라도 가실래요?"

할머니는 아무 말 없이 앉아 있었다. 멀리서 들려오는 소리를 듣기 위해 집중하는 것처럼 보였다.

"파티를 좋아하는 닐스도 오니?"

단야는 울음을 삼켰다. 닐스는 할아버지의 이름이었다.

"아니요. 할아버지는 안 오실 거예요."

그때 난다가 갑자기 문을 쾅 열어젖히며 방으로 들어왔다.

틈날 때마다 할머니와 단둘이 시간을 보내기를 좋아했던 단야도 언니의 등장이 내심 반가웠다.

"여기 있었구나? 온 집 안을 다 뒤졌어. 이제 손님들이 계속 오실 거야. 엄마가 너보고 손님들 외투 좀 받아서 정리하래."

"꼭 내가 해야 돼? 언니가 해도 되잖아."

원래는 난다도 단야처럼 머리 색이 밝았다. 그때는 모두가 둘이 쌍둥이처럼 닮았다고 말했다. 하지만 난다는 연보라색으로 염색했다가 파란색으로 바꾸더니 지금은 검은색 머리에 은색 브릿지를 넣었다. 그리고 눈가를 어둡게 화장하고, 손톱은 형광 분홍색으로 칠했다. 난다와 참 잘 어울렸다.

단야와 난다는 어릴 적에 늘 매표소에서 놀고는 했다. 매표소 창구에는 구멍이 나 있었고, 열고 닫을 수 있는 작은 문이 달려 있었다. 그 창구는 할아버지가 역장으로 일했을 때부터 지금까지 대합실에 남아 있다.

어느 날, 단야가 매표소 문 뒤에 앉아서 난다를 기다렸지만, 난다는 오지 않았다. 단야는 난다를 기다리는 동안 새 열차표를 자르고, 할아버지가 쓰던 확인용 펀치로 오래된 열차표에 구멍을 뚫고, 시간표를 정리했다. 그래도 난다가 오지 않자, 단야는 언니를 찾아 나섰다. 난다는 엄마와 함께 부엌에 있었다.

"왜 열차표를 사러 오지 않은 거야? 언니는 전쟁에 나가서 병사들의 다리를 치료해야 한다고."

"난 싫어. 이제 안 해."

"그럼 다른 거 할까? 서커스 감독할래?"

난다는 깎던 당근을 내려놓고 단야를 향해 몸을 돌렸다.

"그 오래된 매표소에서 노는 건 애들이나 하는 거야."

"언젠가 열차가 올지도 모른다고 할머니가 그러셨는데…."

"아, 그만해. 그건 그냥 장난일 뿐이야."

난다는 할머니의 다리에 담요를 덮어주고는 열려 있는 서랍들을 닫았다. 그리고 단야에게 쏘아붙였다.

"뭘 보고 있어? 엄마 도와드려야 한다는 말 못 들었어?"

매년 12월마다 단야의 가족이 할머니 집에서 지내야 하는 것처럼, 할머니 집에 도착하자마자 파티를 여는 것 역시 전통이었다. 그래서 첫 손님이 도착하기 전에 짐만 간신히 풀 수 있었다. 그래도 부모님은 늘 그렇게 하기를 원했다. 엄마는 일 년 내내 친구들을 그리워했기 때문에, 단 일 초도 더 기다리고 싶지 않다고 말했다.

"왜 항상 나만 도와야 해? 언니는 뭘 할 건데?"

"난 클라리넷을 준비해야지. 지금도 시간이 별로 없어."

난다는 책상 위의 악보 더미를 이리저리 넘겼다. 그건 할아버지의 오래된 악보였지만, 단야는 할아버지가 연주하는 모습을 본 적이 없었다.

"언니가 클라리넷을 연주한다고? 손님들 다 놀라서 도망가 겠네!"

그때 아래층에서 엄마의 목소리가 들렸다.

"얘들아, 싸우지 마! 지금은 모두가 도와야 해."

단야는 난다를 향해 얼굴을 찡그리고는 할머니 쪽으로 몸을 돌렸다.

"크리스마스 파티 때마다 할머니가 선샤인 브레드를 만들어 주셨던 거 기억나세요?"

할머니는 눈을 뜨지 않았다.

"안녕히 주무세요, 할머니. 시끄러운 소리가 들려도 무서워 하지 마세요. 그건 바로 언니가 연주하는 소리거든요."

마지막 말은 난다가 들으라고 하는 소리였지만, 난다는 이미 자신의 방으로 가버린 후였다.

엄마는 더 큰 목소리로 소리쳤다.

"단야야! 부엌에 와서 아빠 좀 도와드리렴. 어서!"

단야가 부엌으로 가자, 아빠는 붉은색 정장 위에 더러워진 앞치마를 두르고 있었다.

"이 쟁반 좀 대합실로 가져가 주겠니? 그리고 봉투에서 양초 도 좀 꺼내고. 그러고 보니 아직 옷도 안 갈아입었구나?"

단야는 자신의 스웨터와 낡은 청바지를 내려다보았다. 아빠는 최대한 침착하게 말하려고 노력했다.

"알겠다. 우선 대합실에 쟁반을 내놓고, 양초를 켠 다음에 네 방으로 가서 옷을 갈아입으렴. 아빠가 다려서 문에 걸어 두었단다."

"양초가 없어요."

단야가 테이블 위에 놓인 봉투 안을 살피며 말했다. 그 순간 위층에서 날카로운 소리가 들렸다.

"난다에게 연주를 부탁하는 게 아니었어."

아빠가 중얼거렸다.

"엄마에게 양초 어디 있는지 물어봐."

단야는 무화과와 치즈 크래커가 담긴 쟁반을 들고 조심히 복도를 지나 대합실로 향했다. 엄마는 벤치에 올라서서 천장에 줄 전구를 매달고 있었다.

"아빠가 양초 어디 있는지 물어보래요."

엄마는 줄 전구를 양손에 든 것도 모자라 입에 물고 있어서 단야는 엄마가 뭐라고 하는지 간신히 알아들을 수 있었다.

"테이블 위 봉투 안에 있을 거야."

"확인해 봤는데 거기 없어요."

엄마는 제대로 말하기 위해 줄 전구를 팔에 끼웠다.

"챙겨야 할 게 너무 많아서 장 볼 때 깜빡했나 봐."

엄마는 눈을 크게 뜨더니 고개를 저었다. 엄마와 아빠는 해야 할 일과 사야할 것, 해야 할 말들을 리스트에 적어두었다가 완료되면 체크하는 것을 좋아했다. 하지만 무언가 잘못되었을 때, 엄마는 지금처럼 마치 어떤 일이든 일어날 수 있고, 확실한 건 아무것도 없다는 식으로 반응했다.

아빠가 링곤베리 주스를 들고 대합실로 들어왔다.

"깜빡했다고 말하지 마! 리스트를 읽어보긴 한 거야? 손님들에게 환영받는 느낌을 줘야 한다고!"

"그건 손님들이 이미 알고 있잖아. 양초는 빼도 되지 않…."

"이건 전통이잖아! 우린 늘 촛불을 켰어!"

아빠는 말을 멈추고 양초를 구할 방법을 찾느라 입을 앙다물었다.

"여기에 남는 양초 없을까?"

"할머니가 가지고 계실지도 몰라요. 서랍장 안에요. 거긴 모든 게 다 있잖아요. 아시죠?"

"그렇지!"

단야의 말에 아빠는 병을 내려놓으며 말했다.

"자, 이렇게 하자. 엄마는 조명을 마저 달고, 단야는 서랍에서 양초를 찾는 대로 모두 불을 붙이는 거야. 난 음식을 마저 가져올게."

아빠는 숨을 깊게 들이마시며, "모든 게 잘 되고 있어. 다 괜찮아."라고 중얼거렸다.

단야가 할머니의 방으로 가려고 계단을 올라가는 동안에도 아빠는 그 말만 되풀이했다. 할머니는 입을 벌리고 코를 골면서 자고 있었다. 단야는 잠깐 할머니의 볼을 쓰다듬고는 맨 아래 서랍을 열었다. 그 안에는 할머니가 가지고 있으면 좋다고 생각해서 모아두었던 물건들이 있었다.

단야는 자투리 옷감들 사이로 마른 물감이 든 통 안을 뒤졌다. 오래된 열차표 다발을 옆으로 치우고, 한 짝만 남아 있는 남성용 구두들에 마구 엉켜 있는 새끼줄 뭉치를 다시 감아 놓았다. 단야가 서랍 속 물건들을 모두 정리하고 나서야, 서랍 가장 안쪽 구석에 있는 빨간 양초를 발견할 수 있었다.

양초는 적당히 크고, 심지는 약간 탄 정도였다. 완벽했다. 단야는 자신의 방으로 얼른 뛰어가 청바지를 벗고 드레스로 갈아입었다. 그러고는 대합실로 달려 나가 성냥을 찾아서, 첫 번째 차가 마당으로 들어오는 바로 그 순간에 양초에 불을 붙였다. 양초의 흔들림 없는 불꽃이 주변을 옅은 붉은색으로 물들였다.

'촛불은 보통 노란색 아닌가?'

단야는 붉은 불빛을 보고 기억을 떠올리려고 애썼지만, 여러 대의 자동차 헤드라이트 때문에 그럴 수가 없었다.

곧 누군가의 웃음소리와 차 문이 닫히는 소리가 들렸다. 아빠가 계단을 내려와 팔을 벌리고 말했다.

"환영합니다. 모두 어서 오세요!"

제 3 장

12월의 축제

눈이 내리지 않았는데도 공기는 맑고 차가웠다. 흔들리는 촛불이 주변을 붉게 물들이고 있었다. 엄마와 아빠의 친구들이 타고 온 자동차들이 연이어 마당에 들어와 할머니의 역사 앞 승강장에 멈춰 섰다.

"우린 항상 어떻게든 해내잖니. 너희 아빠는 왜 저렇게 스트레스를 받는지 몰라. 그냥 리스트대로만 하면 되는걸."

단야 뒤에 서 있던 엄마가 말했다.

"네가 양초를 찾아서 다행이구나. 잘했어."

"할머니 서랍장 안에 있었어요."

"거긴 없는 게 없다고 했잖아. 한번은 배 안에 들어온 물을 퍼내는 데 쓰는 바가지도 찾았지 뭐야. 상상이 가니?"

단야는 손님들의 외투와 모자, 목도리를 받았다. 그러면서 자신에게 많이 컸다고 말하는 모든 사람에게 웃어 보였다. 올해 열한 살이고, 크리스마스 휴가를 기다린다고 일곱 번 말했으며, 클라리넷을 연주한 것은 자신이 아니라 난다라고 세 번 말했다.

그리고 새로운 손님들에게 화장실이 어디 있는지, 여분의 의자는 어디서 가져올 수 있는지 알려주었다. 또 핑거푸드를 계속해서 내왔으며, 물이 필요한 강아지를 위해 오래된 그릇 하나를 꺼내오기도 했다.

"이것 좀 해줄 수 있어?"

단야가 위층에서 내려오고 있는 난다에게 물었다. 짙은 보라색 드레스를 입고 입술을 검게 칠한 난다는 단야의 말을 못 들은 척했다.

"할머니께 안녕히 주무시라고 말씀드리고 올 거야. 그러니까 언니가 잠깐만 손님들 좀 도와드려."

단야가 목소리 높여 말했지만, 난다는 대합실로 들어가 버렸다.

"내가 벌써 할머니를 뵙고 왔어. 손님맞이는 네 일이야. 난 더 중요한 일이 있어."

단야가 물방울무늬 넥타이를 매고 정장을 입은 소년이 건넨 재킷을 잡아당겼다.

"클라리넷 연주가 할머니보다 중요하지는 않잖아."
"미안한데, 혹시 나한테 말하는 거야?"
소년이 물었다.
"아, 아니야. 이만 가볼게."

할머니 방에서는 파티 소리가 그저 와글거리는 소리로 들렸
다. 잠에서 깬 할머니는 등 뒤에 베개들을 쌓아놓고 앉아 있었
다. 단야는 서랍장 위에 놓인 작은 램프에 불을 붙였다.
"사람들이 정말 많구나."
파티 때문인지 할머니는 전보다 훨씬 더 즐거운 목소리로 말
했다.
"이건 엄마와 아빠가 늘 하시던 파티예요."
"파티, 나도 많은 파티에 갔었지."
"할머니가 가셨던 파티 중에 최고의 파티가 뭐예요?"
"나는 붉은 드레스를 입고 밤새 춤을 추었단다. 동이 트면 우
리는 갓 구운 선샤인 브레드를 먹었지. 그 이름은 네 할아버지
가 지었어. 태양을 한 입 베어 문 것 같다고 하면서 말이지. '솔
베이그, 솔베이그. 당신의 빵은 태양 같아요.' 늘 이렇게 말했어."
대합실의 웅성거리는 소리가 조금 조용해졌다. 단야는 난다
가 보면대를 가져와 클라리넷으로 첫 음을 내는 것을 들었다.
"할머니, 들어보세요. 이제 언니가 연주할 거예요."

멜로디가 들리자 할머니는 몸을 떨었다. 두려우면서도 기대에 가득 차 보였다. 침대에서 일어나고 싶어 하는 것 같았다.

"열차가 오고 있어."

할머니는 침대에서 나오려고 애썼다. 단야는 할머니를 말렸다. 잠옷 차림으로는 파티에 갈 수 없었다.

"이건 그냥 멜로디일 뿐이에요. 언니의 연주가 열차 소리처럼 들리기는 하지만, 정말 열차가 오고 있는 건 아니에요."

"열차가 오고 있어."

할머니가 다시 말했다. 단야는 한숨을 쉬었다. 예전과 같이 느껴진 순간은 아주 잠깐뿐이었다.

"제가 이불을 덮어드릴게요, 할머니. 너무 늦었어요."

할머니는 난다가 클라리넷을 점점 더 빠르게 연주하는 소리와 사람들이 그에 맞춰 박수치는 소리를 듣고 있었다.

"언니가 또 우쭐거리겠네요."

단야는 이렇게 말하며 베개를 높였다.

"이제 편하세요?"

단야가 램프의 불을 끄고 문을 닫았을 때, 할머니가 자신이 나간 것을 알아차렸는지는 단야도 알 수 없었다.

사람들로 가득한 대합실 창문에 수증기가 맺혔다.

"아니, 쿠키를 더 가져가면 안 돼. 다 같이 먹는 거니까."

단야는 누군가가 물방울무늬 넥타이를 매고 정장을 입은 소
년에게 이렇게 말하는 것을 들었다. 아마 그 소년의 엄마인 것
같았다.

"아빠는 더 가져가게 해줬을 거예요!"

소년의 말에 엄마가 한숨을 쉬었다.

"근데 아빠는 지금 여기 없잖아. 그렇지 않니?"

그때 단야의 아빠가 엄마를 자기 쪽으로 끌어당기며 유리잔
을 부딪쳤다. 그러자 사람들이 대화를 멈추고 아빠를 바라보
았다.

"사랑하는 친구들."

아빠는 헛기침을 하고는 말을 시작했다.

단야는 계단의 맨 아래 칸에 앉았다. 아빠는 늘 같은 말을
했다.

"십오 년 전에 저는 바로 이 승강장에서 내렸고, 정확히 이
집 앞에 서 있었죠. 그때 이 여인이 계단을 내려오며 '정말 여
기서 내릴 건가요?'라고 물었습니다."

"그리고 당신은 내렸지!"

몇몇 손님이 아빠가 매번 하던 말을 따라 하자 아빠는 웃음
을 터뜨렸다.

"때로는 차표가 사람을 의도하지 않은 곳으로 데려갑니다.
때로는 틀림없이 옳은 곳으로 데려가기도 합니다. 비록 거기에

다른 곳이 적혀 있어도 말이죠."

단야는 입모양으로 아빠의 말을 따라 했다.

모든 손님이 박수를 치고, 아빠가 엄마에게 키스하자 엄마의 얼굴이 빨개졌다. 난다는 한 손에 클라리넷을 들고, 립스틱을 이에 묻힌 채 복도로 나왔다.

"나 잘했지? 나보다 더 잘한 연주는 못 들어봤을걸?"

"글쎄. 할머니를 돌봐드리느라 못 들었어,"

손님들은 테이블과 의자를 뒤로 밀어 놓고 춤을 추기 시작했다. 이 역시 전통이었다.

엄마 때문에 쿠키를 더 먹지 못한 소년이 현관으로 나왔다. 소년은 외투 사이를 뒤적거리며 무언가를 찾고 있었다. 그 바람에 외투 몇 벌이 바닥으로 떨어졌다.

"도와줄까?"

"신경 쓰지 마."

소년은 난다에게 무언가 더 말하려고 했지만, 난다가 소년의 말을 끊었다.

"우리 서로 모르는 사이 같은데. 내 이름은 난다야."

난다가 손을 내밀었다. 단야는 그런 난다를 보며 의아해했다.

'별일이네. 언니가 이렇게 공손하게 인사를 한다고?'

소년은 난다의 손을 잠깐 쳐다보다가 악수를 했다.

"우리는 확실히 만난 적이 없네. 난 콘라드야."

단야가 자신의 손을 내밀었지만, 난다는 옆으로 밀쳤다.

"애는 내 동생 단야인데, 신경 안 써도 돼. 얘는 아무것도 모르거든. 아는 게 하나도 없어."

난다는 잠시 말을 멈추고 콘라드를 뚫어지게 쳐다보았다.

"근데 무슨 일 있었어? 화가 난 것처럼 보여."

"아……."

"말해 봐. 내가 도와줄 수 있을지도 모르잖아."

소년은 정장 주머니에서 손수건을 꺼내 코를 풀었다.

"우리 엄마는 항상 내가 너무 어리다고 하거든."

단야의 엄마가 옆을 지나갔다. 엄마의 뺨은 붉게 물들고 눈에는 기쁨이 가득했다.

"너희들 상 치우는 것 좀 도와줄래? 일단 모두 부엌으로 가져다 놓으렴. 콘라드도 도와줄 거야."

단야는 엄마 뒤를 따라 대합실로 들어갔다. 그곳은 너무 좁고 사람이 많아서 같이 들어갔던 이들을 놓치고 말았다. 단야는 사람들을 피해 빈 접시와 컵을 치우고 매표소 앞 싱크대에서 끈적거리는 링곤베리 주스를 닦아냈다.

난다와 콘라드는 각자 접시 더미를 들고 부엌으로 가더니 돌아오지 않았다. 단야는 점점 화가 났다. 난다는 항상 모든 일에서 자기만 빠져나가려고 했다.

단야는 한참 동안 청소를 하다가 아빠가 불꽃놀이를 하려고 준비한다는 것을 알아차렸다. 할머니는 난다의 클라리넷 연주를 열차 소리로 착각했다. 그러니 불꽃놀이 때 폭죽이 터지는 소리는 또 어떻게 생각할까? 단야는 끈적거리는 손을 얼른 씻고 승강장에 있던 엄마를 찾았다.

"할머니가 놀라지 않게 제가 가볼게요."

엄마는 단야의 얼굴을 쓰다듬었다.

"괜찮을 거야. 착한 우리 딸. 할머니도 불꽃놀이를 보고 싶어 하시지 않을까? 잠시 내려오실 수 있는지 여쭤볼래?"

엄마의 말이 끝나기가 무섭게 하늘이 초록빛으로 물들고 폭죽 터지는 소리가 들렸다. 단야는 밖으로 나가려는 손님들 사이를 뚫고 나왔다. 계단에서 난다와 콘라드를 맞닥뜨렸다. 콘라드는 은색 회중시계의 뚜껑을 열고 난다에게 시계를 보여주고 있었다.

"계속 여기 서 있었어? 언니는 나를 도와줘야 했다고!"

난다가 고개를 들어 단야를 바라보았다.

"콘라드가 나에게 할 말이 있다고 해서. 게다가 네가 행주랑 너무 잘 어울리길래 방해하고 싶지 않았어."

단야는 난다의 다리를 걸어차고 싶은 마음을 꾹 참아야만 했다. 모든 일은 항상 단야의 몫이었고, 난다는 아무것도 하지 않았다.

“난다에게 화내지 마. 내 잘못이야. 어젯밤에…….”

콘라드의 말에 난다는 고개를 저었다.

“내가 내일 설거지 할게. 약속해.”

“내 시계 좀 볼래? 이거 정말 오래된 거야. 진짜 은으로 만들었어.”

콘라드가 단야에게 시계를 내밀었다. 단야는 두 사람을 번갈아보았다. 단야가 이해하지 못하는 것이 있었고, 그들이 말하지 않은 것이 있었다. 단야는 시계를 빠르게 살펴보았다. 시계는 정말 예뻤다. 시계판 가장자리에는 로마 숫자가 적혀 있었고, 시곗바늘에는 반짝이는 돌들이 박혀 있었다.

그때 승강장 밖에서 펑 터지는 소리가 나면서 하늘이 다시 밝아졌다.

“나는 할머니한테 갈 거야. 할머니가 놀라지 않게 같이 있어드려야 해.”

단야는 접시에 핑거푸드를 가득 담고, 큰 유리컵에 링곤베리 주스를 따라 흔들리지 않도록 균형을 잘 맞추며 위층으로 올라갔다. 손에 든 게 많은 단야가 발로 문을 열고 방으로 들어갔다.

“그냥 폭죽 소리였…….”

단야는 그 자리에 얼어붙었다. 할머니의 침대가 비어 있었다. 할머니는 평소처럼 흔들의자에도 앉아 있지 않았고, 서랍장 앞에 서 있지도 않았다. 단야는 들고 온 음식을 침대 옆 서랍장에 올려두고 얼른 복도로 뛰어나가 화장실과 난다의 방, 부모님의 방을 확인했다. 그리고 다시 할머니의 방으로 한 번 더 뛰어갔다.

할머니의 슬리퍼는 침대 밑에 그대로 있었고, 숄은 바닥에 떨어져 있었지만, 방은 텅 비어 있었다. 할머니는 어디에도 없었다. 할머니가 사라졌다.

제 4 장

열차가 오다

단야는 문가에 선 채 할머니의 방 안을 바라보았다. 조금 전까지만 해도 할머니가 침대에 누워 있었고, 단야가 할머니에게 이불을 덮어주었다. 그런데 지금은 방이 텅 비어 있었다. 램프는 여전히 서랍장 위에서 불을 밝히고 있었지만, 이불은 발 받침대에 쌓여 있었다.

"엄마!"

단야의 외침은 아래층의 소음을 뚫지 못했다. 유리잔들이 부딪치는 소리, 음악 소리, 승강장에서는 아빠가 불을 붙인 폭죽들이 터지는 소리가 들려왔다.

"엄마! 여기 좀 와보세요!"

단야가 있는 힘껏 소리쳤다.

“엄마!”

단야가 엄마를 부르는 소리를 들은 유일한 사람은 바로 난다였다.

“뭐라고 하는 거야?”

“할머니가 사라졌어. 침대에 안 계신다고!”

난다는 계단을 뛰어 올라와 단야를 밀치고 할머니 방 안을 살폈다.

“빨리 엄마 좀 모셔 와!”

단야는 사람들을 헤치고 나아갔다. 승강장에서는 단야가 할머니의 서랍장에서 가져온 빨간 양초가 타고 있었고, 주변에서는 손님들이 모여 웃고 떠들고 있었다. 모든 것이 평소와 다를 게 없었다.

단야는 흐느껴 울면서도 두리번거리며 엄마를 찾았고, 마침내 콘라드의 엄마와 함께 있는 자신의 엄마를 발견했다. 단야는 엄마에게 다가가 팔을 움켜잡고 엄마가 들을 때까지 같은 말을 여러 번 반복했다.

“할머니가 방에 안 계세요. 사라졌어요!”

엄마의 얼굴에서 미소가 사라졌다. 마치 단야의 말을 듣지 못한 것처럼 단야를 빤히 쳐다보았다.

“엄마! 할머니 방이 텅 비었다고요. 제발 가보세요!”

그다음은 모든 것이 빠르게 진행되었다. 아빠가 경찰에 신고 했고, 경찰차의 파란 불빛이 승강장을 비췄을 때 파티장은 조용해졌다. 손님들은 불꽃놀이를 보거나 핑거푸드를 먹는 대신 할머니를 찾는 것을 도왔다. 몇몇은 집 안의 지하실부터 다락방까지 뒤졌고, 다른 사람들은 역사 뒤 숲으로 갔다. 그들은 손전등을 가져갔고, 그래서 단야는 할머니의 방에서 전나무와 소나무에 비치는 불빛을 볼 수 있었다.

단야는 집 안에만 머물러야 했다. 아빠가 손님들에게 빌려줄 두꺼운 외투와 오래된 부츠를 찾으며, 하룻밤에 가족 두 명을 잃어버릴 수는 없다고 말했다. 그래서 더 이상 말할 수가 없었다.

단야는 곰 인형 '곰돌씨'를 가져왔다. 그러고는 할머니의 이불 안으로 들어가 몸을 웅크렸다. 단야는 곰 인형의 몸에 얼굴을 묻고 중얼거리면서 인형의 몸이 작은 공처럼 접힐 때까지 아주 세게 껴안았다.

"할머니는 곧 돌아오실 거야. 사람들이 할머니를 찾고 있잖아. 사람이 이렇게 사라질 수는 없어. 곧 돌아오실 거야. 사람들이 찾고 있으니까. 할머니는 아마 숲에 계시겠지? 추워서 떨고 계실지도 몰라. 할머니는 잘 잊어버리니까 길을 잘못 들면 못 돌아오실 텐데. 지금 밖이 너무 추운데, 사람이 추운 날씨에서 얼마나 오래 버틸 수 있을까?"

어두운 방 안에서 서랍장은 마치 검은색 열차 칸처럼 보였다. 단야는 서랍 안에 있던 물건들을 떠올리며 할머니가 곧 다시 돌아올 거라는 생각을 하려고 애썼다. 할머니가 돌아오면, 오래된 물건들과 사진들, 승객들이 잃어버린 안경들을 보여줄 것이다.

"아, 너 여기 있었구나?"

난다가 문 앞에서 팔짱을 끼고 서 있었다.

"할머니 찾았어?"

난다는 고개를 저었다.

"품에 안고 있는 건 뭐야? 네 옛날 곰 인형? 걔가 도와준대?"

"당연히 도와주지. 곰돌씨니까."

목이 메서 말이 잘 나오지 않았다. 난다도 똑같은 곰 인형을 가지고 있었고, '곰순씨'라는 이름을 붙여주었다. 만약 할머니가 몇 년 전에 사라졌다면 난다와 단야는 침대에 같이 앉아 각자의 곰 인형을 껴안고 있었을 것이다. 난다는 그런 게 단야에게 얼마나 위로가 되는지 잘 알 텐데도, 지금은 문가에 서서 빤히 보고 있을 뿐이었다.

"우리 같이 놀던 예전으로 돌아가지 않을래? 그때가 지금보다 훨씬 재밌었어."

난다는 고개를 저었다. 그녀의 은색 브릿지가 마치 철사처럼 보였다.

“네가 모르는 것들이 많아. 너는 그저 할머니랑 같이 놀고 싶어서 할머니가 돌아오시기를 바라지만, 생각해 봐. 할머니가 더 중요한 일을 하고 계실 수도 있잖아?”

단야가 난다를 바라보았다. 단야는 누군가 이렇게 못된 말을 할 수 있다고는 꿈에도 생각하지 못했다.

“할머니는 나랑 놀고 싶어 하실 거야. 확실해!”

난다는 콧방귀를 뀌고는 방을 나가 버렸다.

단야는 곰돌씨를 아까보다 더 세게 껴안았다. 곰 인형의 털이 조금 젖어 있었다. 단야는 받아들이기가 힘들었다. 숲속에 혼자 계실 할머니를 생각했다. 밖은 아마 엄청 추울 텐데. 할머니가 같이 노는 것을 좋아하는 척만 한 건 아닐까. 그럴 리가 없었다.

“할머니는 나랑 같이 있는 걸 좋아해! 내가 알아! 누구도 싫은 걸 좋은 척할 수는 없어!”

단야는 자동차들이 멈추고 출발하는 소리를 들었다. 사람들이 빠르게 대화를 나누는 소리도 들었다. 가끔 경찰차의 파란 불빛이 방 안을 스쳤다. 시간이 얼마나 흘렀는지도 몰랐던 단야는 아빠가 다가와 옆에 앉았을 때야 비로소 알게 되었다.

“아직 할머니를 찾지 못했단다.”

아빠가 단야를 꽉 껴안으며 말했다.

“부엌으로 내려가 뭐라도 좀 먹으렴.”

파티의 흔적이 곳곳에 흩어져 있었다. 시간이 없어서 아무도 정리하지 못한 유리잔과 그릇, 창문에서 떨어진 줄 전구, 그리고 싱크대 위에는 검은색 끈이 달린 카메라가 놓여 있었다. 누군가 놓고 간 것 같았다. 빨갛고 큰 버튼과 필름을 감는 손잡이가 달린, 오래된 카메라였다.

부엌에 있는 시계가 오전 2시 반을 가리켰다. 할머니가 실종된 지 벌써 몇 시간이나 흘렀다.

"할머니가 사라진 게 제 잘못일까요?"

단야의 말에 샌드위치를 만들던 아빠의 손이 멈췄다.

"아이고, 딸아. 그게 왜 네 잘못이니?"

부엌을 가로질러 온 아빠는 단야를 끌어안았다.

"할머니를 마지막으로 본 건 저였어요. 제가 할머니 곁에 있었어야 했는데……."

"할머니는 괜찮으실 거야. 사람들이 찾는 동안 분명 가까운 이웃집이라도 가서 쌀죽을 드시고 있겠지."

"진짜로 그럴까요?"

아빠는 웃어 보이려고 했지만, 단야는 아빠의 눈가가 젖어 있는 것을 보았다. 아마 아빠가 말한 대로 곧 전화가 올지도 몰랐다. 이웃집에서 할머니를 찾고 있지 않은지 물어볼 수도 있다.

"지금 네가 할 수 있는 가장 좋은 일은 방에 가서 자는 거란다. 할머니는 분명 내일 돌아오실 거니까. 너도 그렇게 생각하지?"

아빠가 다시 웃으려고 애썼다.

단야의 방은 열차 선로와 승강장을 향하고 있었다. 얼마 지나지 않아 할머니를 찾던 사람들이 웅성거리는 소리가 조용해졌고, 자동차에 시동을 걸더니 모두 사라졌다. 단야는 엄마가 부엌에서 우는 소리와 그런 엄마를 아빠가 위로하려고 애쓰는 소리를 들었다.

단야는 별을 바라보았다. 오래전 할아버지가 야간열차에 수신호를 보낼 때도 이 별들이 빛나고 있었으리라. 그때 할머니는 선샤인 브레드의 레시피를 기억하고 있었을 것이다. 할머니가 커다란 숄을 걸치고 승강장에 서 있으면 모두가 할머니의 빵을 맛보기 위해 열차에서 내렸겠지. 역을 지나는 열차의 바퀴는 선로를 두드리고, 할아버지는 열차들을 멈추게 하려고 빨간 깃발을 들고 나갔을 테다.

단야는 밖에서 무언가 덜컹거리는 소리를 듣고 생각했다.

'야간열차일 거야. 곧 할아버지가 깃발을 들고 계단을 성큼성큼 내려가시겠지.'

단야는 벌떡 일어나 침대에 앉았다. 그 바람에 곰돌씨가 바닥으로 떨어졌다. 소리는 점점 가까워졌다. 열차의 경적 소리가 들렸다. 할머니가 말했던, 열차가 역에 가까워질 때 났던 바로 그 소리였다.

더 이상 할머니의 역사를 지나가는 열차는 없었다. 몇 년 전부터 열차는 이곳을 통과하지 않았다. 그렇다면 단야가 잘못 들은 걸까? 열차가 다시 한번 경적을 울렸다. 이번에는 그 소리가 훨씬 크게 들렸다.

제 5 장

야간열차

단야는 열차가 점점 더 가까이 다가오는 소리를 들었다. 경적이 여러 번 울렸고, 바퀴가 선로를 따라 노래했다.

열차라니. 할머니의 역사 옆으로 열차가 지나다닌 지는 꽤 오래전이었다. 게다가 한밤중에 이곳을 통과하는 것은 절대 있을 수 없는 일이었다.

열차는 다시 경적을 울렸고, 단야가 창밖을 내다보았다. 밖은 어두웠고, 오직 빨간 양초의 불빛만 흔들리고 있었다. 할머니를 찾는 것을 도와주었던 사람들은 모두 집으로 돌아갔다.

단야는 서둘러 가운을 걸치고 부모님의 방으로 뛰어갔다. 문을 열자 방은 텅 비어 있었지만, 침대 위에 엄마가 남기고 난 쪽지가 놓여 있었다.

할머니가 방에 없다는 사실이 다시 생각난 단야는 흐느껴 울고 싶었다. 하지만 아직은 울지 않기로 했다. 먼저 열차를 멈춰 세우고, 길을 잘못 들었다고 설명한 다음, 열차가 떠나면 그때 다른 모든 일들을 생각하기로 했다.

단야는 망설였다. 언니를 깨워야 할까?

절대 안 된다. 난다는 단야가 승강장으로 나가는 것을 막을 테고, 그러면 단야는 난다가 모든 일을 처리하는 동안 방에만 앉아 있어야 할 것이다.

마지막으로 단야는 할머니의 방을 들여다보았다. 여전히 아무도 없었다. 단야가 열차에 대해 물어볼 수 있는 유일한 사람이 사라졌다.

단야는 맨발이었고 가운 안에는 잠옷만 입고 있었다. 최소한 발에라도 무언가를 신어야만 했다. 재빨리 침대 아래에 놓인 할머니의 슬리퍼를 신었다.

문을 열자 차가운 밤공기가 밀려들었다. 숲 너머에 열차의 불빛이 비치는 것을 보고 승강장으로 뛰어갔다. 단야의 앞에 놓인 선로가 소리 높여 노래했고, 발밑의 땅이 흔들렸다. 단야는 팔이 아프도록 힘껏 손짓했다.

열차의 불빛이 점점 가까워졌다. 기관차의 어두운 그림자와 굴뚝에서 뿜어내는 연기가 보였다. 기관차가 우르르 소리를 내며 승강장 안으로 들어올 때는 바람이 느껴졌다. 기관차에 이어 나머지 객차들이 뒤따라 들어오며 삐걱거렸다.

그리고 곧 주변이 너무도 조용해졌다. 지금 막 열차가 멈춰섰다는 것이 믿기지 않을 정도였다. 단야는 무엇을 해야 할지 몰라서 가만히 서 있었다. 가까이 다가가서 문을 두드려야 할까? 사람들이 보통 열차 문을 두드렸던가?

그때 맨 마지막 객차의 문이 열렸다.

"안녕하세요."

키가 큰 남자가 승강장으로 걸어 나왔다. 그의 검은 머리가 차장 모자 아래로 삐죽 나와 있었고, 검은 수염은 셔츠의 맨 위 단추까지 내려와 있었다. 무성한 눈썹 아래에 파란 눈이 겨우 보였다.

"여기가 맛있는 선샤인 브레드가 있는 곳인가요?"

단야가 고개를 저었다.

"저희 할머니가 만드셨……."

단야는 말을 하다 말고 멈췄다. 정체를 알 수 없는 이 남자가 어떻게 선샤인 브레드를 아는 걸까? 단야가 남자에게 물었다.

"누구세요?"

남자는 자세를 바르게 하더니 발꿈치를 붙였다.

"나는 이 열차의 차장입니다. 이 열차에 타신 모든 분들이 목적지까지 잘 도착하도록 돕고 있죠. 그러니 어서 타세요."

단야는 다시 고개를 저었다.

"저는 아무 데도 안 가요. 길을 잘못 든 것 같아서 알려드리려고 온 거예요. 이 역은 폐쇄되었거든요."

"그런가요?"

차장은 전혀 당황하지 않는 것처럼 보였다. 단야는 열차를 자세히 살펴보았다. 열차는 보통의 모습과는 달랐다. 온통 빨간색으로 칠해져 있었고, 창문 주위에는 장식이 달려 있었다. 모든 창문에 달린 커튼에는 별과 달무늬가 그려져 있었다.

"그런데 이건 무슨 열차인가요?"

"이건 야간열차 '나이트 익스프레스'예요. 내 이름은 울프입니다. 혹시 우리 예전에 만난 적이 있나요? 낯이 익은 것 같아서요. 최근에 우리 열차를 탔었나요?"

"저는 단야라고 해요. 그냥 길을 잘못 들었다고 말씀드리고 싶었고, 이 열차는 한 번도 타본 적 없어요."

울프는 가슴에 달린 주머니를 톡톡 두드렸다. 거기에는 시간표가 삐죽 튀어나와 있었다.

"크로노미터 규정에 따르면, 나이트 익스프레스는 빨간 양초가 켜져 있는 모든 역에서 승객을 태워야 합니다. 그리고 이 곳에도 바로 그 양초가 빛을 내고 있고요. 우리가 잘못 온 건 아니라고 분명히 말할 수 있습니다."

단야는 빨간 양초가 빛을 내며 타고 있는 계단을 바라보았다. 그가 한 말의 뜻은 무엇일까? 양초는 손님들을 환영하기 위한 것이지, 열차를 멈추게 하는 것은 아니었다.

"지금 무슨 말씀을 하시는 거예요? 크로노미터가 뭔데요?"

"회사입니다. 전혀 들어본 적 없나요?"

울프는 등을 곧게 펴더니 줄줄 이야기했다.

"나이트 익스프레스는 당신이 찾는 사람이 있는 곳으로 데려다주는 야간열차입니다. 시간표는 당신이 있는 곳에 있고, 실종자도 빠르게 찾아낼 수 있죠."

울프는 단야의 대답을 기다리지 않고, 호루라기를 꺼내 불며 단야를 향해 서두르라는 손짓을 했다.

"모든 승객 탑승했습니다. 출발 준비 완료. 출발 준비……."

"잠깐만요! 실종자를 빠르게 찾아낸다는 게 무슨 말이죠?"

단야가 소리쳐 묻자, 울프는 씩 웃었다.

"크로노미터가 몇 년 전에 만든 안내 책자에 있던 내용이에요. 물론 그 캠페인은 실패했지만, 몇 가지 표현들은 남아 있죠. 간단히 말해서 야간열차가 실종된 가족들을 만날 수 있는 기회를 제공한다는 의미입니다."

"저희 할머니가 사라졌어요."

단야의 말에 울프는 고개를 끄덕였다.

"이해합니다. 그래서 당신이 양초를 컨 거죠."

"아뇨. 그렇지 않아요. 양초를 먼저 컸고, 그다음에 할머니가 사라졌어요."

울프는 펜으로 수염을 긁적이더니 어깨를 으쓱했다.

"그럼 우리를 따라오는 게 좋겠어요. 일이 어떻게 진행되는지 보여줄게요. 우리는 조금 있다가 다시 돌아올 겁니다. 그때 열차에서 내리면 돼요."

"같은 역을 다시 지나가나요?"

울프는 발꿈치를 딱 붙여서 차렷 자세를 하고는 이렇게 말했다.

"맞습니다. 이 열차는 시간표를 매우 중요하게 지키고 있습니다. 야간열차가 아직 완전하게 운행되지는 않지만, 그렇다고 시간표를 무시할 수는 없습니다. 우리는 밤새 달리고, 언제나 제시간에 도착합니다. 언제나!"

단야는 잠깐 망설이다 손을 뻗어 울프의 손을 잡았다. 울프는 열차가 출발하는 동시에 단야를 열차 안으로 끌어당겼다. 바퀴는 점점 더 빠르게 회전했고, 선로에 부딪히는 소리가 점점 커졌다. 객차를 연결하는 고리가 덜컹거렸다. 단야는 열차에서 떨어지지 않으려고 손잡이를 꽉 잡으며 울프가 한 말을 곰곰이 생각했다.

"촛불 때문에 열차가 멈춘 건가요?"

울프는 펜으로 수첩을 두드렸다.

"크로노미터가 우리에게 지시한 그대로예요. 야간열차는 양초를 켜는 사람을 절대로 놓치지 않습니다. 게다가 우리는 짧은 노선만 운행하고 있기 때문에, 붉은 불빛을 놓치는 건 불가능해요."

단야는 울프에게 다른 것을 더 물어보려던 찰나, 공기 중에 좋은 향기가 나는 것을 알아챘다.

단야가 코를 킁킁거리자, 울프는 그런 단야의 표정을 보고 살짝 웃었다.

"오늘은 열차 안에서 갓 베어낸 여름 초원 향기가 나네요. 당신은 운이 좋아요. 만약 기관사가 기분이 나쁘면 염소 우리 냄새가 풍길 수도 있거든요."

"기관사가 열차 안의 냄새를 정한다는 말씀이세요?"

"네, 정확합니다. 일반적으로 그렇습니다."

단야는 울프를 바라보았다. 일반적으로 그렇다니? 단야가 탔던 다른 열차들은 그렇지 않았다. 열차에서는 열차 냄새만 났고, 딱 한 번 물에 젖은 개가 통로에 앉아 있어서 그 냄새가 났을 뿐이다.

“자, 당신의 할머니가 실종되었으니 바꿔 말하면 당신은 추적자겠군요. 맞습니까?”

울프는 이렇게 말하며 수첩의 빈 페이지를 펼쳐 천천히 적어 내려갔다. 펜으로 종이 위에 큰 곡선을 그리더니 잠시 멈추고 단야를 올려다보았다.

“당신은 이 열차에 대해 알지 못했으니, 그 어떤 기념품도 안 가져왔을 거라고 생각합니다만.”

“기념품이요?”

“네. 당신의 할머니가 갖고 있었던 물건 중 하나, 그녀의 관심을 끌 수 있는 무언가요. 크로노미터는 그걸 ‘기념품’이라고 부릅니다.”

울프는 실패한 홍보 캠페인에 대해 중얼거리다 멈추고는 이렇게 말했다.

“당신의 할머니가 더는 행복하지 않으신가요? 아니면 최근에 건망증이 심해지셨나요? 어떤 식으로든 스스로를 놓아버리셨나요?”

단야는 말을 삼켰다. 정말 그랬다. 할머니는 더 이상 예전의 모습이 아니었다.

“가끔은 저를 기억조차 못 하세요.”

울프는 단야의 어깨를 토닥였다.

“그래서 이 야간열차가 있는 겁니다. 크로노미터는 선로를 따라 특별한 역들을 지어놓았어요. 대단한 발명이죠. 그 역들에서는 자기 본연의 모습을 잃어버린 사람들이 과거에 행복했던 시간이나 상황으로 돌아갈 수 있습니다. 추적자, 그러니까 당신은 실종자를 찾아낼 수 있죠. 할머니를 예전 모습 그대로 만날 수도 있습니다. 추적자들은 보통 실종자들의 관심을 끌기 위해 기념품을 가져옵니다. 그런데 만약 당신이 할머니의 물건을 하나도 가지고 있지 않다면, 그녀는 당신을 찾지 못할 거예요. 원래라면 추적자들은 반드시 기념품을 챙겨야 열차에 탈 수 있지만, 이번만큼은 그냥 타셔도 됩니다."

창밖에는 모래 언덕이 반짝였다. 할머니 집 근처에는 사막은커녕 해변도 없었다. 이 열차는 모든 게 이상했다.

"4번 역입니다. 여기는 지독하게 더워요. 어젯밤에는 아무도 양초를 켜지 않아서 다행입니다."

울프가 단야의 눈을 보며 말했다.

단야는 울프라면 모든 것을 설명해 줄 수 있을 거라고 생각했다. 그렇다면……

"정말로 우리 할머니가 이 열차가 지나는 역에 계신다는 말씀이세요?"

"그럴 수도 있어요. 실종자들은 열차에 타지 않고 시간을 따라 역과 역 사이를 이동합니다. 그들은 어떤 역에 도착할지 스스로 결정하지 못하고 끌려다닙니다. '모든 존재하는 것은 사라진다'라는 말처럼요. 아까도 말했듯이 기념품은 그들을 특정한 역으로 끌어들일 수 있습니다. 과학적인 건 아니지만, 기념품은 실종자가 가지고 있었던 물건이거나 좋아했었던 물건이어야 하죠."

울프는 마치 자신이 이해하지 못하는 답이 그곳에 있는 것처럼 창밖을 내다보았다.

"기념품이 실종자가 아꼈던 물건이거나, 실종자와 추적자가 함께 나눴던 물건일 때 효과적이라는 보고도 있었습니다. 물론 말씀드렸다시피 과학적이지는 않습니다."

울프가 수첩을 앞으로 넘기니 글씨로 가득 찬 페이지가 나왔다.

"크로노미터는 기계 장치가 완전히 작동하지 않더라도 주어진 상황에서 최선을 다하기 위해 늘 노력하고 있습니다. 최근에 새로운 지시를 받았는데…… 여기 있네요!"

울프는 첫 문단의 몇 줄을 빠르게 중얼거리다가 큰 소리로 읽었다.

"일부 역은 크로노미터가 제공하는 음식들로 한층 매력을 높였습니다. 하지만 이러한 음식들은 큰 탐욕을 불러일으키고, 금세 사라질 위험이 있습니다. 따라서 본래 목적을 잃지 않도록 음식은 먹은 즉시 같은 것으로 대체됩니다."

울프는 웃었지만, 단야는 그를 멍하니 바라볼 뿐이었다.

"어떤 음식들인데요?"

울프는 단야의 표정을 보며 말했다.

"네, 그러니까…… 어떤 역에는 먹거나 마실 수 있는 것이 있습니다. 다는 모르지만, 비스킷, 주스, 호밀빵, 팝콘 같은 것들이요. 배가 고플 때 요긴하죠. 크로노미터는 당신이 먹은 모든 걸 즉시 똑같은 것으로 채워줍니다. 예전에는 음식을 기념품으로도 사용할 수 있었는데 그게 너무 위험했어요."

"왜요?"

"다른 사람의 기념품을 가져가는 건 엄격히 금지되어 있습니다. 그건 실종자의 생명을 위협하거든요. 만약 원래 주인이 아닌 사람이 기념품을 들고 역을 떠나면 실종자는 영원히 사라져 버립니다. 다시는 돌아오지 못할 수도 있어요. 굴착기나 새끼 고양이 같은 기념품이라면 문제가 되지 않지만, 추적자들은 자제하지 못하고 항상 케이크나 쿠키를 훔쳐 먹었죠. 우리는 그동안 바쁘게 움직여서 실종자들이 사라지는 걸 가까스로 막았습니다. 다행히 최근에 크로노미터가 음식을 자체적으로 제공하기로 결정한 뒤로는 더 이상 문제가 되지 않았어요."

울프는 눈이 부시게 하얀 손수건으로 이마를 닦았다. 단야가 창밖을 바라보았다. 성벽과 탑, 그리고 얼음 조각들로 장식된 거대한 눈의 성이 지나가고 있었다. 어쩌면 울프가 옳은 걸까?

아마 이 열차는 다른 열차들과는 다른 노선을 지나고 있을지도 모른다. 그러면 단야에게는 할머니를 만날 수 있는 기회가 있다는 뜻이었다.

단야는 마음이 벅차올랐다. 할머니를 만나게 될 테니까. 동시에 단야는 울프가 했던 말이 생각났다.

"기념품. 나는 할머니 물건을 아무것도 안 가져왔는데……."

단야는 한숨을 쉬며 바닥을 내려다보았다. 결국 단야는 할머니를 만날 수 없는 걸까? 어쩌면 할머니가 저쪽에 서서 손을 흔들고 있을지도 모른다는 생각에 마음이 조급해졌다.

그때 문득 단야는 발에 무엇을 신고 있었는지 알아차렸다. 슬리퍼! 틀림없이 단야는 할머니의 슬리퍼를 신고 있었다.

단야는 울프를 향해 한쪽 발을 내밀었다.

"이걸로 충분할까요? 할머니의 물건이에요."

울프는 안경 너머로 단야의 발을 힐끔 쳐다보고는 이렇게 말했다.

"아마도요. 우리는 곧 집처럼 아늑한 역에 도착할 거예요. 그곳에서는 편안함을 더하는 물건들이 잘 어울리죠. 이 슬리퍼라면 그 역에 딱 맞겠네요."

울프는 창밖을 보더니 호루라기를 불었다. 그러자 브레이크가 끼익 소리를 냈다.

"자, 도착했습니다."

열차는 천천히 멈췄고, 울프가 문을 열었다.

"6번 역입니다. 행운을 빌어요!"

제 6 장

천 개의 불빛이 있는 역

야간열차는 6번 역에 멈춰 섰다. 울프는 벌써 문을 열고 단야가 내리기를 기다리고 있었다.

"저는 어떻게 집에 돌아가야 하나요? 혹시 새로운 양초가 필요하지는 않나요?"

"열차가 다시 돌아올 겁니다. 밤새도록 돌고, 또 도니까요. 다음에 우리가 지나갈 때 타면 됩니다. 이 역의 부엌에 양초가 있습니다. 찬장에서 하나 꺼내 쓰세요."

열차가 멈추자 곧 조용해졌다. 승강장에서는 마치 딱정벌레 떼가 기어다니는 것처럼 바스락거리는 소리만 들렸다. 단야는 오싹해졌다. 사라진 할머니와 한 번도 들어보지 못한 열차, 그리고 이상한 소리까지……

"여기에 위험한 건 없겠죠?"

울프가 고개를 끄덕였다.

"이곳은 가장 평화로운 역 중에 하나예요. 여기서는 완벽하게 안전합니다."

단야는 주변을 둘러보면서 망설였다. 승강장 옆에는 단야가 막 떠나온 곳과 똑같이 생긴 역사가 있었다. 문 위에는 시계가 걸려 있었고, 돌계단이 입구까지 이어져 있었다.

하지만 이 역은 할머니의 역사와는 전혀 달랐다. 승강장에는 수천 개의 양초가 켜져 있었다. 몇 개는 단야의 키만큼 컸고, 몇 개는 단야의 무릎 높이에서 타고 있었다. 평범한 흰색 양초들이었지만, 한 번에 이렇게 많은 양초를 본 적은 없었다.

단야가 들었던 소리는 딱정벌레 소리가 아니라, 불꽃이 타는 소리였다. 그것을 깨닫자마자 단야의 기분이 조금 나아졌다.

"자, 자, 이제 내려야 할 시간입니다."

울프는 단야가 열차에서 내리도록 승강장 쪽으로 밀었다.

"기념품을 기억하세요!"

울프가 이렇게 외치며 호루라기를 불고 문을 닫았다.

열차가 요동치며 출발하고, 단야는 혼자 남았다. 단야는 할머니의 슬리퍼를 신은 자신의 발을 내려다보았다. 울프는 슬리퍼가 기념품의 역할을 할 수 있다고 말했지만, 어떻게 이 낡은 슬리퍼가 할머니의 마음을 끌 수 있을까?

단야는 슬리퍼를 벗어 돌계단에 놓았다. 맨발로 눈길을 걸으면 춥겠지만, 어쨌든 울프가 말한 대로 했다. 이제 무슨 일이 일어날까?

단야는 역사의 어두운 창문을 올려다보며 말했다.

"안녕하세요? 거기 누구 있나요?"

단야는 대답을 기대하지 않았기에, 뒤에서 목소리가 들리자 움찔했다.

"그래, 여기 있단다."

"할머니!"

할머니는 촛불 사이에 서서 두 팔을 벌리고 있었다. 단야는 할머니에게로 달려가 품에 얼굴을 묻었다.

"여기까지 어떻게 오신 거예요? 집에서 모두가 할머니를 찾고 있어요!"

할머니는 단야를 꽉 안아주었다. 단야는 할머니에게서 나는 따뜻한 빵 냄새와 포근한 털실 냄새를 맡으며 할머니의 어깨에 뺨을 댔다.

"진짜 할머니 맞죠? 제가 누군지 아세요?"

"너는 단야지. 열한 살이고, 잠들기 전에 별들을 보는 걸 좋아해. 또 초콜릿을 좋아하고, 다섯 걸음 만에 계단을 올라갈 수 있지. 내가 너를 기억 못 할 리가 있겠니?"

단야는 웃으며 할머니를 다시 껴안았다.

“할머니, 이제 집으로 돌아가요. 모두가 걱정한다고요! 여기
까지 어떻게 오신 거예요? 할머니도 야간열차를 타셨어요?”

“곧, 이제 곧 내가 아는 걸 다 말해줄게. 일단은 너를 안아주
고 싶구나.”

할머니는 단야를 오랫동안 안아준 다음, 단야의 손을 잡고
역사의 계단을 올라갔다. 단야는 할머니에게 궁금한 것이 너무
많아서 어떤 것부터 물어봐야 할지 몰랐다.

두 사람은 부엌으로 들어갔다. 부엌은 할머니 집과 정확히 같
은 위치에 있었다. 할머니는 바로 찬장으로 가서 문을 열고 밀
가루와 설탕을 꺼냈다.

“우리 선샤인 브레드를 만들어 볼까?”

“우리가요? 지금요?”

“너와 함께 빵을 만든 지가 정말 오래되어 같이 해보고 싶구
나. 빵을 반죽하면서 이런저런 이야기를 나누기도 좋고 말이야.
그렇지 않니?”

할머니는 우유에 이스트를 넣고 단야에게 계량컵과 밀가루
봉지를 건넸다. 두 사람이 순서대로 빵을 만드는 동안, 할머니
가 이야기를 시작했다.

“때때로 사람들은 원하지 않아도 자기 자신에게서 멀어질
때가 있단다. 너도 알다시피 난 최근에 기억력이 나빠지고 있

어. 몸은 남아 있는데, 머리는 없어지는 거지.”

“엄마가 그러셨는데 할머니가 나이가 들어서 그렇대요.”

단야가 남은 밀가루의 무게를 재며 말했다.

“늙어서 그럴 수도 있고, 너무 지쳐서 자신이 누구인지 잊어버릴 수도 있어. 아니면 지금의 자신을 받아들일 수 없는 경우일 수도 있지. 어떤 사람들은 아프거나 외로워서 사라지기도 하고. 이해했니?”

“아마도요. 그런데 잘 모르겠어요. 할머니는… 돌아가신 건가요?”

할머니는 고개를 저었다.

“아니, 죽지 않았어. 그랬다면 우리가 만날 수 없었겠지. 그저 시간이 나를 지나간 거란다.”

할머니는 그릇을 창가에 있는 식탁으로 가져왔다. 그 식탁도 할머니의 역사에 있던 것과 똑같았다.

“이곳은 어디예요? 왜 할머니의 집처럼 보이는 건가요?”

할머니는 웃으며 의자를 가리켰다. 할머니는 반죽을 발효하기 위해 그릇에 천을 덮어놓고는 단야의 맞은편에 앉았다.

“우리가 여기 앉아 있는 게 이상한 일이 아니야. 너도 알다시피 야간열차는 너와 나, 그리고 우리 가족 모두와 많은 관련이 있단다.”

할머니는 단야의 손을 잡았다.

"네 외할아버지가 어릴 때 시작된 일이란다. 외증조할아버지는 너무 많은 고난을 겪었고, 차츰 아주 우울해져서 더 이상 살고 싶지 않았지. 그래서 결국 집을 떠나버렸어. 할아버지는 자라서 엔지니어가 되었지만, 자신의 아버지가 어디로 갔는지 계속 궁금해했어."

"저라도 그랬을 거예요."

할머니는 말을 멈추고 단야의 손을 품에 안았다.

"어느 날 밤, 할아버지는 밤을 새워 시계를 고치다가 한 가지 생각을 떠올렸단다. 아버지가 행복했던 시간으로 데려다줄 수 있는 열차를 만드는 거였지. 그러면 아버지를 다시 만날 수 있지 않을까 해서 말이야."

할머니의 말은 무슨 뜻이지? 할아버지가 과거로 시간 여행을 할 수 있는 방법을 생각해 냈다는 건가?

"과거로요? 그러니까 옛날로 돌아간다고요?"

단야는 미소를 짓고 있는 할머니를 바라보았다.

"어떤 면에서는 그렇지."

"할아버지가 야간열차를 만드셨나요?"

할머니가 웃음을 터뜨렸다.

"그래. 네 할아버지는 정말 영리했어. 열차를 전부 만들었지."

"그럼 울프는요? 그리고 크로노미터는요?"

"네 할아버지가 철도에서 일했잖니. 자기가 믿는 사람들 중에 이 프로젝트에 관심을 가질 만한 사람들을 알고 있었단다. 그들은 총 스물 네 개의 역을 지었어. 지금 사용하는 역은 스물 두 개뿐이지만, 성공했다고 할 수 있지. 야간열차 덕분에 우리가 다시 만날 수 있었고!"

"할아버지가 어떻게 그런 걸 만들 수 있었을까요? 제 말은… 모든 게 어떻게 작동하는 거죠?"

"나도 야간열차가 어떻게 작동하는지는 모르겠어. 네 할아버지가 내게 설명해 주려고 열심히 노력했지만, 그 사람이 워낙 설명하는 데는 재주가 없었잖니. 내가 이해한 건 사랑과 그리움이 중요한 요소라는 거야. 어떻게 감정을 기계 장치로 바꿀 수 있었는지는 모르겠지만, 어쨌든 우리가 여기 앉아 있지."

할머니는 반죽을 식탁 위에 부었다. 단야가 입을 열었지만, 할머니는 고개를 저었다.

"먼저 반죽을 해야 해. 그동안 생각해 보렴."

할머니는 반죽을 만들고, 단야는 반죽을 여러 조각으로 나누었다. 할머니는 그 조각들을 가져다가 둥근 빵 모양으로 빚었고, 단야는 엄지손가락으로 반죽마다 구멍을 만들었다. 그러면 할머니는 큰 숟가락으로 반죽의 우묵한 곳마다 바닐라 크림을 얹었다. 두 사람은 예전처럼 호흡이 척척 잘 맞았다.

단야의 머릿속에는 할머니에게 들은 모든 이야기가 내내 맴

돌았다. 할아버지가 야간열차를 만들었고, 덕분에 할머니와 단 야가 만날 수 있었다.

할머니는 늘 하던 대로 마지막 남은 반죽을 그러모아 큰 빵으로 만들었다.

"엄마와 아빠도 야간열차에 대해 알고 있나요?"

"네 엄마가 어릴 때 이야기해 보았지만, 나를 미친 사람 보듯 했어. 야간열차의 존재를 믿으려면 누군가를 아주 많이 그리워해야 할지도 모르지. 아니면 엄마는 이성적인 사람이라 내 말을 믿지 않았을 수도 있겠구나."

단야는 할머니의 말을 이해했다. 단야와 할머니는 무슨 게임인지 몰라도 종일 함께 놀 수 있었지만, 엄마와 아빠는 설명서가 딸린 보드게임을 좋아했다.

"그럼 다른 사람들은요? 그러니까 전 세계 모든 사람이 야간열차에 대해 알아야만 하잖아요!"

"할아버지도 그렇게 생각했던 것 같아. 그런데 야간열차가 다 완성되기 전에 세상을 떠나셨지. 너도 알다시피 할아버지는 갑작스럽게 돌아가셨잖니."

할아버지는 잠든 사이에 돌아가셨고, 단야는 할아버지가 다시는 돌아오지 않는다는 사실을 이해하는 데 몇 달이 걸렸다. 단야의 엄마는 누군가와 제대로 작별 인사를 하지 못하면, 그 사람이 죽었다는 사실을 더욱 이해하기 어렵다고 말했다.

"크로노미터는 모든 걸 제대로 맞춰 보려고 최선을 다하고 있단다. 비록 기계 장치가 아직 완벽하게 작동하는 건 아니지만 말이야. 너도 알다시피, 할아버지는 아무도 생각하지 못한 걸 만들어 냈기 때문에 할아버지가 의도했던 바를 정확히 이해하기란 쉽지 않지."

반죽이 두 번째로 발효되는 동안 할머니는 단야에게 주스를 따라주고는 조리대에 몸을 기댔다.

할머니는 단야와 눈이 마주치자 미소를 지었다. 이곳에서 할머니는 자신을 잊어버리지도 않았고, 심지어 선샤인 브레드의 레시피도 기억했으며, 행복해 보였다.

그 사실이 단야의 마음을 찔렀다. 할머니는 집이 아닌 이곳에서 행복했다.

"도망가고 싶으셨나요, 할머니?"

할머니는 한숨을 쉬더니 단야의 뺨을 가볍게 어루만졌다.

"아마 그랬을지도 모르겠구나. 아주 조금은 말이야. 빵 레시피나 손주들, 가장 소중한 모든 걸 잊어버리는 건 유쾌한 일이 아니거든."

예전에 할머니가 만들어 주던 블랙커런트 주스와 맛이 똑같은 그 주스가 더 이상 맛있지 않았다. 할머니가 말을 이어갔다.

"그리고 나는 그저 귀찮은 존재였지. 아주 간단한 일도 도와줄 수 없었으니까. 그냥 앉아서 누가 누구인지 기억하려고만 했단다."

단야는 유리잔을 조리대 위에 올려놓고 할머니를 팔로 감싸 안았다.

"할머니는 절대 귀찮지 않아요! 세상에서 제일 좋은 할머니라고요! 저는 할머니가 사라지는 걸 원하지 않아요!"

할머니가 코를 훌쩍였다.

"알고 있단다. 그건 어리석은 생각이지. 하지만 우리처럼 사라지는 사람들은 그렇게 생각한단다. 우리는 방해가 될 뿐이니 기꺼이 떠날 수 있어. 우리가 여행하는 시간은 일종의 휴식이고, 슬프거나 외롭거나 혼란스러운 사람들이 잠시나마 자신을 찾을 수 있는 시간이기도 해."

단야가 깊은 생각에 잠겼다.

"슬리퍼……."

단야는 중얼거리며, 할머니의 체크무늬 슬리퍼를 떠올렸다.

"울프는 제가 할머니의 물건을 가지고 있으면 할머니가 저를 찾을 수 있다고 했어요. 울프는 슬리퍼를 '기념품'이라고 부르더라고요. 그건 어떻게 작동하는 거예요?"

"사실 기념품이 어떻게 작동하는지는 잘 모르겠구나. 어떤 '기억의 물건'들은 우리 같은 실종자들을 끌어당기는 것 같아. 기념품은 과거의 그때가 얼마나 좋았는지를 상기시키는 역할

을 하는 거지. 예를 들면 우리가 함께 놀 때 네가 빌려 신고는
했던 이 슬리퍼처럼 말이야.”

“슬리퍼가 효과가 있었네요. 제가 할머니를 찾았잖아요! 우
리가 같이 부엌에 들어가면 엄마와 아빠는 눈을 의심할지도 몰
라요.”

“문제는 말이다……”

할머니가 반죽 위에 놓인 천을 벗겼다.

“뭔데요? 말씀해 주세요. 무슨 문제예요?”

“문제는 내가 돌아갈 수 없다는 거야. 네 할아버지가 완성하
지 못한 부분이지.”

단야는 방금 마신 주스가 몸 안에서 얼어붙는 듯한 느낌이
들었다.

“할머니는 돌아갈 수 없다고요?”

“야간열차는 추적자들만 탈 수 있단다. 우리 같은 실종자들
은 야간열차가 완성되기 전에는 돌아갈 수 없어. 열차가 완성
되어야 모두가 열차에 탈 수 있지.”

단야가 할머니의 말을 이해하는 데는 오래 걸리지 않았다.
단야는 싱크대에 유리잔을 쿵 하고 내려놓았다.

“기계 장치가 완성되어야만 할머니가 집으로 돌아올 수 있
다는 거군요! 그게 유일한 방법이겠네요. 혹시 할아버지가 뭘
어떻게 해야 하는지 말씀하신 적은 없나요?”

할머니는 고개를 끄덕였다.

"할아버지는 비밀스러운 사람이었지만, 계속해서 은으로 된 열쇠 이야기를 했지. 기계 장치가 완성되면 그 열쇠를 두 번 돌려야 해. 그러면 야간열차가 마지막 구간까지 나아갈 수 있고, 모든 사람이 원하는 곳에서 타고 내릴 수 있게 되지. 우리가 가장 먼저 해야 할 일은 그 열쇠를 찾는 거란다."

"그럼 우리가 그 열쇠를 찾아야겠네요. 열쇠는 어느 역에 있나요?"

"예전에 할아버지의 연장들 사이에 은색 열쇠 하나가 있었단다. 그게 지금 우리에게 필요한 열쇠 같아. 내가 아는 닐스가 맞다면, 아마 가장 믿는 사람에게 줬을 거야. 조력자가 있었을지도 모르지."

할머니가 빵이 든 오븐팬을 꺼냈다.

"그렇다면 우리는 무엇보다 가장 먼저 할아버지의 조력자를 찾아야겠네요."

할머니는 고개를 끄덕였다.

"내가 마주치는 사람마다 물어보려고 했지만, 계속 시간에 끌려다녀서 그렇게 하기가 어렵단다. 네가 야간열차에서 만나는 사람들에게 물어봐 줄 수 있겠니?"

"당연하죠. 누군가는 뭔가 알고 있을 거예요. 제가 모두에게 물어볼게요."

“만약 열쇠를 찾으면 두 번 돌려야 한다는 걸 잊지 말거라.”

“열쇠는 어디에 넣고 돌려야 하나요?”

“사실 나도 잘 모른…….”

열차가 오는 소리가 들리자 할머니는 말을 멈췄다. 그러고는 오븐팬에서 남은 반죽으로 만든 가장 큰 빵을 꺼내 단야에게 주었다.

“가는 길에 먹으렴. 시간이 늦었으니 서둘러 양초에 불을 붙여야 해.”

할머니는 찬장에서 양초를 꺼내 단야와 함께 승강장으로 나갔다. 단야는 그것을 다른 양초들 사이에 놓고 불을 붙였다. 땅이 붉게 물들고, 야간열차가 천천히 멈춰 섰다.

“우리는 언제 다시 만날 수 있어요?”

단야가 할머니에게 물었지만, 할머니는 단야의 말을 듣지 못한 것 같았다. 그저 멍하니 앞을 응시하며 마치 껌을 씹는 것처럼 턱만 움직였다. 할머니는 무언가를 골똘히 생각할 때면 늘 그랬다.

“조력자! 그 사람이 누구냐면…….”

할머니는 말을 채 끝내지 못했다. 할머니가 서 있던 자리에서 바스락거리는 소리가 들렸다. 할머니는 단야를 향해 손을 내밀고, 눈을 깜빡이더니 금세 사라졌다. 시간의 흐름에 끌려간 것이다.

"할머니!"

단야가 외치는 동시에 뒤에서 야간열차의 브레이크가 삐걱거렸다.

울프가 문을 열었다.

"동이 트기 전 마지막 운행입니다. 모두 탑승해 주세요!"

단야는 승강장을 둘러보았지만, 오직 자신만 남아 있었다. 갑자기 춥고 외로운 느낌이 들었다. 단야는 서둘러 열차에 올라탔다. 단야가 열차에 타자마자 울프는 문을 닫고 호루라기를 불었다.

제 7 장

다시 집으로

단야는 승강장 주위를 둘러보았다. 이제 다시 집으로 돌아왔다. 모든 것이 평소와 다를 게 없어 보였다. 불빛이 새어 나오는 부엌과 엄마가 바느질해서 만든 커튼이 달린 역사. 계단 위에는 양초가 그대로 있었지만, 이미 다 타버려서 더 이상 주변을 붉게 물들이지도 않았다.

방금 단야가 내린 열차는 어디로 간 걸까? 단야는 어둠 속을 유심히 살폈지만, 선로는 숲속으로 사라졌다. 눈이 내리는 바람에 승강장은 하얀 눈으로 덮여 있었다. 야간열차의 아주 작은 흔적조차도 보이지 않았다.

할머니는 할아버지의 조력자가 누구인지 말하려던 찰나에 시간의 흐름에 끌려 다른 곳으로 사라졌다. 단야는 조력자를 알아내기 위해서 다시 할머니를 찾아야만 했다.

역사의 문이 열리고, 아빠가 나왔다.

"단야야! 이 시간에 여기서 뭘 하고 있어? 어서 들어오렴! 이런 날씨에 가운만 입고! 몽유병이라도 걸린 거니?"

아빠가 단야를 향해 팔을 뻗었다. 단야는 떨고 있었다. 할머니의 슬리퍼가 없으니 발이 시렸다. 단야는 승강장을 빠르게 가로질러 계단을 올라가 아빠의 품에 안겼다.

"아빠, 밤에 열차가 이 역을 지나가나요?"

"열차? 아니, 몇 년째 안 지나다니지."

"확실해요? 오늘 밤에도요?"

단야의 목소리는 아빠의 두꺼운 스웨터에 묻혀 사라졌지만, 아빠는 알아들을 수 있었다.

"어떻게 열차가 올 수 있겠니? 그랬다면 선로에는 눈이 쌓이지 않았을 거야."

단야는 아빠의 말이 맞다는 것을 알았다. 만약 열차가 지나갔다면 선로가 드러나 있었겠지만, 선로 위에는 눈이 두껍게 덮여 있었다.

할머니는? 울프는? 그리고 크로노미터는? 모든 게 꿈이었을까? 할머니와 함께 선샤인 브레드도 만들었는데.

"전 아무래도…… 몽유병인 것 같아요."

"너무 추워 보인다. 어서 안으로 들어오렴. 다른 사람들은 아직 자고 있어."

아빠는 단야를 팔로 감싸 안고 현관을 지나 부엌으로 걸어
갔다.

"할머니는 돌아오셨나요?"

"아직이야. 경찰들이 우리에게 집으로 돌아가 자라고 했어.
그들이 여기저기 수색하고 있고, 라디오에 실종자 찾기 광고도
했단다."

아빠는 전기 포트의 전원을 올리고, 컵과 티스푼을 집으며
달그락거렸다. 그리고 큰 컵에 차를 따라서 단야 앞에 놓았다.
싱크대는 여전히 파티 때 썼던 접시와 집기로 가득했지만, 아
빠는 그것들을 모두 옆으로 밀어 놓았다. 아빠답지 않은 행동
이었다.

"무슨 꿈을 꿨는지 기억나니? 큰일을 겪은 뒤에 이상한 꿈을
꿀 수도 있잖아."

"기억이 안 나요. 아마도…… 검은 수염이었어요."

아빠는 살짝 미소를 지었다.

"검은 수염이라고? 그러면 적어도 산타클로스는 아니었겠
구나."

"네. 그런 것 같지는 않아요."

단야는 차를 마셨다. 차가 달콤하고 따뜻해서 얼어붙은 몸이
천천히 녹는 것을 느꼈다.

"아빠, 울프라는 사람을 아세요?"

"울프? 아니, 모르겠는데."

"열쇠는요? 어디선가 열쇠를 본 적 없어요?"

아빠는 놀란 표정으로 단야를 쳐다보았다.

"어떤 종류의 열쇠 말이니?"

"은으로 된 열쇠요."

아빠는 빵을 두껍게 자르고 버터를 바르며 고개를 저었다.

"아니, 그런 건 못 봤어. 샌드위치에 치즈 올려줄까?"

계단에서 발소리가 들리더니 난다가 부엌으로 들어왔다. 초록색 줄무늬 잠옷을 입은 난다의 은색 브릿지가 들어간 검은 머리가 사방으로 뻗쳐 있었다. 단야는 언니가 마치 잠이 덜 깬 곤충처럼 보였다.

"할머니 돌아오셨나요?"

난다가 아침 인사도 없이 물었다. 아빠는 고개를 저으며 옆을 지나가는 난다의 볼을 쓰다듬었다.

"경찰이 무슨 소식이라도 들리면 바로 연락을 주겠다고 했어. 엄마와 나는 밤새 밖에서 할머니를 찾았고."

단야의 머릿속에 어젯밤의 기억이 떠올랐다. 밀가루가 잔뜩 묻은 할머니의 손과 할아버지가 야간열차를 만들었다는 이야기, 그리고 할머니가 안아주셨을 때 포근했던 품과 주스의 맛까지. 그런 일은 일부러 꿈으로 꾸기도 어려울 것이다.

"할머니랑 어젯밤에 선샤인 브레드를 구웠어요. 할머니가 레시피도 모두 기억했다고요!"

갑자기 큰 소리가 나더니 생강 쿠키들이 바닥으로 와르르 쏟아졌다.

"미안. 내가 떨어뜨렸어."

난다가 말했다.

아빠는 한숨을 쉬고는 단야와 난다에게 쿠키 줍는 것을 도 와달라고 손짓했다. 난다는 마지못해 하면서도 아빠를 도와 쿠 키를 주워 담았다.

"때로는 꿈에서 깨어나고도 시간이 지나서야 뭐가 진짜인지 알게 되지. 어느 크리스마스 날, 대합실에 말 한 마리가 서 있 는 꿈을 꿨어. 그 꿈이 너무 생생해서 잠에서 깨자마자 아래층 으로 내려가서 확인했지 뭐야."

아빠가 식탁 밑에서 쿠키 조각들을 집으려고 몸을 뻗으며 말했다.

그러고는 일어나서 빗자루를 꺼내왔다. 단야는 무언가 말하 려다 입을 다물었다. 아마 아빠의 말처럼 그저 꿈일지도 몰랐다.

아빠가 딸깍하고 커피머신을 켰다.

"가서 엄마를 깨워올게."

단야는 아빠가 계단을 올라가면서 코를 훌쩍이는 소리를 들었다. 단야는 창가에 기댄 채 승강장 위에 남은 자신의 발자국을 바라보았다. 발자국은 천천히 눈으로 덮여 점점 희미해지고 있었다.

난다는 싱크대에 기대어 서서 부서진 생강 쿠키 한 조각을 와삭와삭 먹었다. 단야는 난다에게 야간열차에 대해 들은 적이 있는지 묻고 싶었다. 하지만 입을 떼자마자 난다가 눈썹을 치켜올리며, 마치 바닥에 떨어진 쿠키 조각을 보듯 단야를 쳐다보는 바람에 결국 묻지 못했다. 엄마와 아빠가 내려오기 전까지 둘은 아무 말도 하지 않았다.

"오늘은 눈을 치워야겠다."

"전 안 돼요. 저는 오늘……."

난다가 빠르게 말했지만, 아빠는 난다의 말을 끊었다.

"모두 도와야 해. 너도 알잖니. 할머니를 찾으면 경찰차가 들어올 수 있어야 하니까."

엄마는 커피를 큰 컵으로 세 잔이나 마셨고, 난다는 샌드위치를 절반만 깨작거렸다. 엄마가 훌쩍일 때마다 아빠는 식탁 너머로 손을 뻗어 엄마의 손을 꼭 쥐었다.

"장모님은 괜찮으실 거야. 별일 없으실 거야."

아빠가 중얼거리면, 엄마는 고개만 끄덕일 뿐 대답은 하지 않았다. 엄마는 샌드위치를 조금 베어 물고 창문 밖으로 하염없이 떨어지는 눈을 바라보았다.

그 어떤 것도 예전과 같지 않았다. 평소였다면 아빠는 큰 앞치마를 두르고 설거지를 시작했을 것이다.

할머니는 방에서 쿠키가 안 보일 정도로 설탕 아이싱을 잔뜩 덧입힌 '스페셜 생강 쿠키'를 들고 올라올 단야를 기다렸을 것이다. 그러고는 할머니가 서랍을 하나 열고, 둘은 고상한 숙녀와 똑똑한 교수로 변신해 역할 놀이를 했겠지. 어쩌면 단야는 서랍장에서 끊임없이 새로운 물건을 찾아내고, 그때마다 할머니는 웃으면서 그 물건이 어디서 왔는지 전혀 모르겠다고 말했을지도 모른다.

단야가 야간열차를 멈춰 세운 양초를 찾은 곳도 그 서랍장이었다. 단야는 오늘 밤에도 양초를 켜야만 했다. 그래야 그 열차가 꿈인지 아닌지 확실히 알 수 있었다.

단야는 갑자기 숨을 쉴 수 없을 정도로 두려워졌다. 단야가 맨 아래 서랍에서 꺼낸 양초가 다 타버렸기 때문이다!

"어디 가?"

단야가 부엌에서 뛰어나가자 난다가 외쳤다.

"아무 데도 안 가."

단야는 이렇게 대답하고 다섯 걸음 만에 계단을 올라갔다. 할머니의 방문은 닫혀 있었고, 단야는 문 손잡이에 손을 올리고는 잠시 망설였다.

"용기 내자. 이건 그냥 방일 뿐이야."

단야는 스스로에게 이렇게 말하고, 큰 소리로 하나, 둘, 셋을 센 뒤, '셋'에 손잡이를 내려 문을 열어젖혔다.

방은 평소와 똑같았다. 침대 커버도 평평하게 정리되어 있고, 십자수 무늬 쿠션 역시 다를 바 없었다. 다만, 흔들의자가 비어 있었다.

단야는 흔들의자를 보지 않으려고 노력하면서 곧장 서랍장으로 갔다. 단야가 맨 아래 서랍을 열려고 몸을 숙이는 순간, 다리에 부드러운 무언가가 닿는 것을 느꼈다. 단야는 주머니에 손을 넣어 천천히 꺼냈다. 할머니와 함께 만들었던 선샤인 브레드였다.

진짜였다. 실제로 있었다. 단야는 몇 시간 전에 할머니가 주셨던 것과 똑같은 그 빵을 손에 쥐고 있었다.

그렇다면 야간열차는 꿈이 아닌 걸까?

단야는 천천히 자신의 방으로 돌아왔다. 손에 든 빵을 어떻게 해야 할지 몰랐다.

단야는 조심스럽게 빵을 한 입 베어 물었다. 예전에 할머니가 만들어 준 빵과 똑같은 맛이었다. 그런 다음 단야는 새끼손가락으로 바닐라 크림을 살짝 찍어 먹었다. 역시 틀림없었다. 단야는 빵을 더 먹을 수 없었다. 이 빵은 야간열차가 실제로 존재한다는 유일한 증거였으니까.

단야는 부드러운 빵을 창가에 올려놓았다. 만약 야간열차가
정말 있다면, 단야는 반드시 그 열차를 다시 멈추게 해야 했다.

제 8 장

승강장에서 만난 친구

단야가 할아버지 닐스에 대해 가장 또렷하게 기억하는 것은, 이상한 안경을 코에 걸치고 책상 앞에 등을 구부리고 앉아 있는 모습이었다. 항상 무언가가 고장이 났고, 할아버지는 무엇이든 고칠 수 있었다.

단야는 장난감 자동차를 귀에 대고 제대로 작동하는 소리를 들으며 고개를 끄덕이던 할아버지의 모습을 떠올렸다. 할머니의 말대로라면 할아버지는 장난감만 고친 것이 아니라, 야간열차의 기계 장치를 만들어 낸 사람이다.

할머니는 할아버지가 의도했던 대로 야간열차를 완성하는 은색 열쇠가 있다고 했지만, 열쇠를 어디에 꽂고 돌려야 하는지는 말하지 않았다.

단야가 가장 먼저 해야 할 일은 서랍장 안에서 더 많은 양초를 찾는 것이었다. 야간열차는 빨간 양초가 켜진 역에서만 멈추니까.

단야는 할머니의 방으로 돌아가 서랍을 하나씩 열어보았다. 맨 아래 서랍에서 새끼줄과 천 조각, 구부러진 나사와 오래된 신문 사이를 세 번이나 샅샅이 뒤졌지만, 새로운 양초는 찾지 못했다. 안경이 든 서랍에도, 원예 도구가 든 서랍에도, 카디건과 양말이 든 서랍에도 양초는 없었다.

단야는 서랍을 열 때마다 열쇠도 같이 찾아보았다. 어쩌면 할머니는 열쇠가 책상 서랍에 있는 것이 너무 당연해서 잊어버렸을 수도 있지 않을까? 하지만 가장 작은 열쇠는 어디에도 없었다.

마지막으로 단야는 연장이 든 서랍을 열었다. 그 안에는 드라이버, 펜치, 아주 작은 나사와 조금 큰 나사까지, 무언가를 만들거나 고칠 때 필요한 모든 것이 들어 있었다. 전에는 서랍을 이렇게 꼼꼼하게 살펴본 적이 없었지만, 이번만큼은 모든 물건을 꺼내고 서랍의 모서리까지 손으로 일일이 만져보았다. 하지만 거기에는 양초도, 열쇠도 없었다.

단야는 서랍을 쾅 닫았다. 할아버지는 왜 야간열차를 완성하기 전에 돌아가신 걸까? 할머니와 단야에게 작은 단서라도 남겨두었으면 좋았을 텐데. 그렇지 않다면 할머니는 어떻게 돌아올 수 있을까?

“너 뭐 해?”

난다가 팔짱을 끼고 문가에 서 있었다. 단야는 난다가 저 자세로 서 있을 때마다 늘 화난 사람처럼 보인다고 생각했다. 그리고 난다는 언제나 그렇게 서 있었다.

“왜 서랍에서 온갖 물건을 잔뜩 꺼낸 거야?”

단야는 할머니를 만났던 일을 말할지 말지 고민했지만, 눈썹을 치켜뜨는 언니를 보고 입을 다물었다. 자신은 어디에 있든 언니에게 방해만 되는 존재라고 생각했다.

“왜? 언니가 상관할 바 아니잖아.”

난다는 입술을 깨물었다. 오늘은 오렌지색 립스틱을 발랐다.

“뭔가를 찾고 있다면, 보통 그 물건이 처음 있었던 곳을 찾아보는 게 좋지. 그냥 팁일 뿐이야.”

한마디를 남긴 난다는 쿵쾅거리며 계단을 내려갔고, 단야가 뒤에서 소리쳤다.

“거긴 이미 확인했어. 언니는 나를 바보라고 생각하는 거야?”

단야는 맨 아래 서랍을 열어서 난다가 틀렸다는 걸 보여주려고 했다. 그러나 난다를 다시 부르려고 하던 찰나, 서랍 안에 빨간 양초들이 보였다.

‘하지만…….’

단야는 그 서랍이 비어 있을 거라고 확신했다. 조금 전에 확인했을 때는 분명 양초가 없었다. 어떻게 그걸 못 보고 놓칠 수 있지? 단야는 열쇠도 빠뜨렸는지 확인하기 위해 좀 더 찾아보았지만, 열쇠는 역시 없었다.

그때 계단에서 발소리가 나더니, 아빠의 목소리가 들렸다.

"단야, 난 이제 너를 계속 부르고 싶지 않아! 밖으로 나와서 눈을 치우든가, 아니면 안에서 난다랑 설거지를 하렴."

갑자기 모든 게 너무도 간단하게 느껴졌다. 단야는 양초를 켜고 야간열차에 타서, 만나는 사람들마다 할아버지에게 열쇠를 받은 적이 있는지 물어볼 것이다.

단야는 옷을 갈아입기 전, 양초를 자신의 방 창가에 놓았다. 옆에는 선샤인 브레드가 올려져 있었다. 먼저 긴 바지를 입고 그 위에 패딩 바지를 껴입었다. 위에는 내복과 오리털 점퍼를 걸치고 두툼한 털모자를 쓴 뒤, 가장 따뜻한 할머니 장갑을 꼈다.

아빠와 단야는 난다가 설거지하는 동안 밖에서 눈을 치웠다. 엄마는 잠을 자러 가겠다고 했지만, 창문 너머로 슬쩍 보니 식탁에 앉아 전화기만 노려보고 있었다.

"하루 종일 전화가 울리긴 했지만, 누구도 할머니에 대해 아는 게 없었어. 어제 파티에 왔던 손님들이 숲에서 할머니를 찾아다니고 있나 봐."

엄마가 저녁 무렵에 눈을 다 치우고 돌아온 단야와 아빠에게 말했다.

"고마운 일이네. 우린 좋은 친구들을 두었어."

아빠는 발을 굴러 눈을 털어냈다.

누군가 직접 만든 뜨거운 수프를 가져다주어서, 그들은 식탁에 앉아 하염없이 내리는 눈을 바라보며 수프를 먹었다. 단야와 아빠가 쓸어낸 곳도 금세 눈으로 덮였다.

"앞뜰이 곧 다시 눈으로 뒤덮일 거야. 이렇게 눈이 많이 오는 건 처음이네."

아빠가 말했다.

"그래도 열차는 달릴 수 있죠?"

단야가 묻자, 아빠는 놀란 눈으로 단야를 바라보았다.

"열차에 타려고?"

"어쩌면요."

단야가 생강 쿠키를 들고 크게 베어 물었다.

"어쩌면 제가 열차에 타서 할머니를 만날지도 몰라요."

난다가 콧방귀를 뀌었다.

"네 꿈에 할머니가 나온 건 이상한 일이 아니야. 누군가를 너무 그리워하면 자연스럽게 꿈에도 나타나지. 어젯밤 꿈이 그랬나 보구나."

아빠의 말에 난다는 다시 콧방귀를 뀌었지만, 엄마가 째려보자 조용해졌다.

단야는 이런 저녁 풍경을 좋아했다. 라디오에서는 신청곡이 흘러나오고, 가족이 모두 모여 있는 저녁. 하지만 오늘은 무엇도 평소와 같지 않았다.

엄마는 울었던 흔적을 감추느라 애썼고, 아빠는 빈 노트를 앞에 두고 단 한 줄의 리스트도 적지 못한 채 앉아 있었다. 난다는 역사 시험공부를 하려고 책을 펼쳤지만, 자꾸 창밖을 바라보았다.

"시험 범위 내용 물어봐 줄까?"

아빠가 말했지만, 난다는 고개를 저었다.

"이미 다 알고 있어요. 열차가 운행을 시작하기 전에는 도시들의 시간이 달랐대요."

아빠가 고개를 끄덕였다.

"나도 그런 얘기를 들은 적이 있어. 도시 사이에는 몇 시간의 시차가 있기도 했다던데."

"그러다 열차가 등장했고, 모든 도시가 시간표에 맞춰 움직이게 되었죠. 선로의 길이에 상관없이 운행할 수 있는 열차도 있대요. 제일 긴 선로가 거의 만 킬로미터에 달한대요."

난다가 자신의 역사책을 다른 페이지로 넘겨서 사진을 모두가 볼 수 있도록 들어 올렸다.

"이건 할머니의 역사와 똑같아 보이지 않나요?"

단야는 사진을 좀 더 자세히 살펴보았다. 흑백 사진 속에는 깃발을 들고 있는 역장과 역으로 들어오는 열차, 그리고 긴 드레스를 입은 여자가 큰 가방을 들고 있는 모습이 담겨 있었다.

"열차가 더 이상 서지 않는 역사는 어떻게 되나요? 할머니처럼 다른 역사에도 사람이 살고 있나요?"

아빠가 고개를 저었다.

"거의 그렇지 않을 거야. 상당히 비현실적이거든. 아마 대부분 폐쇄되었겠지."

뒤이어 엄마가 말했다.

"안타까운 일이야. 열차와 역사가 이제는 존재하지 않는 사람들과 시간을 떠올리게 하잖아. 그런 것들은 어떻게든 남겨두어야 해."

단야가 시계를 보았다. 저녁 8시 반. 지금 잠자리에 들기엔 너무 이른 걸까? 단야는 크게 하품을 했다.

"그렇게 피곤하니? 불쌍해라. 우리 모두 지치긴 했지."

단야는 하품을 한 번 더 했다. 가족들이 빨리 잠들지 않으면 몰래 빠져나가서 양초에 불을 붙일 수 없었다.

"피곤하지 않으세요?"

단야가 물었지만, 아빠는 고개를 저을 뿐이었다.

"우린 잠깐 더 앉아 있으려고. 곧 네 방에 가서 불을 꺼줄게."

"안 그러셔도 돼요. 불은 제가 끌게요."

단야가 얼른 대답하고는 자신의 방으로 올라가서 옷을 갈아입는 대신 창가에 앉았다. 한참 후에 난다가 위층으로 올라와 양치질하는 소리가 들렸다. 그리고 조금 더 지나자 엄마와 아빠도 올라왔다.

단야는 천까지 세고, 다시 천을 세었다. 그런 다음 창가에 놓았던 양초를 들고 문 쪽으로 살금살금 다가갔다. 문을 천천히 열고 조심스럽게 계단을 내려가 승강장으로 나섰다.

눈이 너무 많이 와서 장화 높이까지 쌓였다.

단야는 계속 헛손질을 하다가 세 번째 시도에서야 심지에 불을 붙였다. 불꽃이 어젯밤처럼 땅을 붉게 물들였다.

눈 속에서 오직 양초의 불꽃만 보였다.

부디 열차가 승강장으로 들어오기를.

아빠는 꿈이라고 했지만, 제발 꿈이 아니었기를.

하염없이 내리는 눈이 마치 흰 벽처럼 보였다. 단야는 몸을 따뜻하게 하기 위해 발을 동동 구르며, 실눈을 뜨고 열차가 들어올 쪽을 바라보았다.

단야는 누군가 다가오는 줄도 몰랐다. 뒤에서 목소리가 들리기 전까지는.

"여기서 너와 함께 기다려도 될까?"

제 *9* 장

크로노미터

단야는 황급히 돌아섰다. 눈보라 사이로 그림자가 보였다. 누군가 다가오고 있었다. 어른인 것 같지는 않았고, 단야보다는 키가 조금 작아 보였다.

"네가 양초에 불을 붙여줘서 다행이야!"

눈송이들 사이로 서류 가방을 든 정장 차림의 누군가가 단야의 시야에 들어왔다. 분명히 물방울무늬 넥타이를 매고 파티에 왔던 그 소년이었다.

"콘라드! 여기서 뭐 해?"

"당연히 야간열차를 기다리고 있지!"

단야는 콘라드를 바라보았다.

"네가 야간열차를 어떻게 알아?"

콘라드는 어깨를 으쓱했다.

"어떤 안내 책자에서 야간열차에 대해서 봤어. 이건 또 뭐지? 싶어서 아빠를 찾으러 며칠 밤을 야간열차에 타기도 했지. 열차 특유의 냄새를 좋아하기도 하고!"

"안내 책자?"

콘라드가 미소를 지었다.

"그걸 찾으려던 건 아니었지만, 아빠가 사라졌을 때 아빠 물건들을 뒤지다가 발견했어."

야간열차의 차장인 울프가 말했던, 인쇄해 놓고 한 번도 사용한 적 없는 크로노미터 홍보용 안내 책자. 그것을 콘라드가 발견한 게 틀림없다. 안내 책자들은 난다의 노트처럼 여기저기 흩어져 있을지도 몰랐다.

"너는 할머니를 찾고 있지?"

단야가 고개를 끄덕였다. 콘라드는 크리스마스 파티에 왔었으니, 모두가 할머니를 찾으려고 애쓰면서 파티가 끝났다는 것도 알고 있을 것이다.

"할머니가 열쇠를 찾으라고 했어. 은으로 된 열쇠인데, 혹시 본 적 있니?"

콘라드는 고개를 저었다.

"대신 다른 걸 많이 봤어. 예를 들어 3번 역에는 풍선이 수십억 개가 있지. 도움이 될까?"

풍선? 단야는 그를 멀뚱히 바라보았다.

"글쎄, 딱히 그렇지는 않은 것 같아. 너희 아빠는 사라진 지 오래됐어?"

"꽤 오래됐어. 엄마가 알아채지 못하게 몰래 나와야 해. 엄마는 야간열차 같은 건 없다고, 그런 걸 믿기에는 내가 너무 컸대. 그래서 이제는 내가 아빠를 찾을 수 있을 만큼 컸다고 하면, 엄마는 아직 어리대. 엄마가 정말로 원하는 게 뭔지 모르겠어."

단야는 콘라드의 화난 얼굴을 보고 웃음이 터질 뻔했다. 그 순간, 선로가 노래하기 시작했고, 눈송이 사이로 불빛이 반짝였다.

폭설이 내리는데도 불구하고 단야는 열기를 느꼈다. 이제 확실히 알게 되었다. 야간열차는 꿈이 아니었다.

삐걱대는 열차가 덜컹거리며 승강장으로 들어왔다. 첫 번째 칸, 두 번째 칸, 세 번째 칸이 차례로 단야와 콘라드의 바로 앞에 멈췄다.

"자, 어서 타세요. 어서요!"

울프가 열차의 문을 열고 승강장으로 내려섰다. 그의 검은 수염에는 어느새 눈송이가 내려앉았다. 울프는 단야와 콘라드가 있는 방향을 힐끔힐끔 바라보았다.

"거기 누구 있나요?"

“저요!”

“저도 있어요!”

단야와 콘라드는 눈 더미를 헤치고 울프에게 터벅터벅 걸어갔다. 울프가 그들을 향해 미소를 지었다.

“좋습니다, 좋아요. 시간에 딱 맞춰 왔군요.”

그들이 탑승하자마자 울프는 호루라기를 불었고, 열차가 출발했다.

“자, 이름이…… 단야였죠? 콘라드는 전부터 알고 있었고요. 오늘은 새로운 기념품을 가져왔나요?”

콘라드는 서류 가방을 들어 보였다.

“아주 많이요. 며칠 밤은 거뜬해요.”

기념품! 단야는 열쇠와 양초를 찾느라 할머니가 좋아하던 물건을 가져와야 한다는 걸 완전히 잊어버렸다. 이제 조력자가 누구인지 어떻게 알아내야 하지?

열차가 흔들리는 바람에 단야와 콘라드는 넘어질 뻔했지만, 울프는 아무 일도 없는 것처럼 서 있었다.

“여러분에게 야간열차가 어떻게 작동하는지 기본적인 원리를 다시 한번 알려주는 게 좋겠네요.”

“전 이미 열차를 타본 적이 있어서 모든 걸 알고 있는걸요.”

“음, 그래도 가장 기본적인 건 알아두는 게 좋죠. 손해는 아니니까요.”

울프가 객차의 문을 열자 따뜻한 공기와 함께 냄새가 흘러
들어왔다. 단야와 콘라드가 코를 킁킁거리며 냄새를 맡았고,
콘라드는 얼굴을 찡그렸다.

"완두콩 수프예요. 오늘은 기관사가 열차에서 완두콩 수프
냄새가 나기를 원했나 봅니다. 운이 좋으면 집에 가는 길에는
팬케이크 냄새를 맡을 수도 있겠네요."

울프는 창문 옆의 끈을 당겨서 빨간 램프를 켰다. 그들은 작
은 탁자를 사이에 두고 서로 마주 보고 앉았다.

"할머니가 은으로 된 열쇠를 찾으라고 하셨어요. 열쇠에 대
해 아는 게 있으신가요?"

단야가 묻자, 울프는 주머니를 뒤져 구겨진 안내 책자 두 권
을 찾아 건네주었다.

"나중에 한번 읽어보시기를 바랍니다. 지금은 중요한 것들만
설명할게요. 그리고 안타깝게도 나는 열쇠를 가지고 있지 않습
니다."

단야는 안내 책자를 살펴보았다. 표지에는 역을 너무 빨리
지나가서 흔들리게 찍힌 야간열차의 사진이 있었다. 위쪽 모서
리에는 가장자리에 숫자 대신 철로가 그려진 시계 그림이 있었
고, 그 아래에는 '크로노미터'라는 로고가 검은색 글자로 인쇄
되어 있었다.

"즉, 이건 시간과 연관되어 있습니다."

"저희 할머니도 그렇게 말씀하셨어요. 시간이 할머니를 끌고 간대요."

울프의 말에 단야가 맞장구를 쳤다.

"야간열차는 우리에겐 익숙하지 않은 다른 차원의 시간으로 이동합니다. 예를 들면 단야의 할머니가 젊었을 시절 말이죠."

"우리 아빠는요? 우리 아빠는 늙지 않았는데요."

콘라드가 물었다.

"네, 하지만 당신의 아버지가 슬퍼했다고 말했잖아요."

울프는 고개를 숙여 자신의 수첩을 내려다보며 말을 이었다.

"만약 누군가 정말로 슬프다면, 그 사람은 자신을 잃어버릴 수도 있습니다. 그렇다면 행복했던 때로 사라지는 게 그리 이상한 일은 아닙니다. 여러분들은 야간열차 덕분에 그들을 따라갈 수 있고, 기념품으로 그들을 불러낼 수 있는 거죠."

열차가 속도를 줄였다. 물 밖으로 튀어나온 굴뚝 하나와 가로등 세 개가 보였다.

"2번 역입니다. 여기는 물과 연관된 기념품에 어울리는 곳이죠. 이 역에서 실종자들은 기념품을 찾기 위해 다이빙을 할 수 있습니다. 많이들 좋아하죠. 물론 고무 오리 같이 물에 뜨는 물건들은 가치가 없습니다."

"저는 기념품이 아직도 이해가 잘 안 가요. 왜 제가 할머니가 좋아했던 물건을 들고 다녀야만 하죠?"

단야가 끼어들었지만, 울프는 가만히 미소를 지었다.

"늘 말했듯이, 기념품이 있는 한 희망은 있습니다. 실종자들은 기념품 덕분에 자신이 누구였는지, 그리고 누가 그들을 그리워하는지를 기억해 낼 수 있죠. 그래서 기념품이 있는 역으로 이끌리는 거예요. 그들의 의지가 그들을 끌어당기는 시간보다 더 강해야 합니다. 기념품은 그 의지를 끌어내는 역할을 합니다."

"당연히 사라진 사람의 물건을 가져와야지. 모두가 그렇게 알고 있고, 또 그렇게 하고 있어."

콘라드의 말에 울프가 고개를 끄덕였다.

"그렇죠. 그리고 실종자들이 다양한 이유로 특별히 아끼던 물건일수록, 질주하는 시간을 잠시 멈출 수 있어요."

"만약 다른 사람의 물건을 놓으면 어떻게 되나요?"

콘라드가 서류 가방의 손잡이를 만지작거리며 물었다.

"왜 그래야 하죠?"

울프가 웃으며 계속 말했다.

"만약 모두가 여기저기 물건을 늘어놓으면 어떻게 보일까요? 기념품은 반드시 실종자의 물건이어야 합니다. 그렇지 않으면 의미가 없어요. 더 궁금한 점이 있나요?"

"실종자는 언제나 추적자에게로 돌아오나요?"

이번에는 단야가 물었다.

"대부분은 그렇지만, 기념품을 흔든다고 실종자들이 항상 오지는 않습니다. 그래서 인내심을 가져야 합니다. 안타깝게도 크로노미터는 그들이 나타날지 말지를 조종할 수는 없어요. 게다가 최근에는 도난 사건까지 있었고요. 심각하진 않지만 성가신 문제입니다. 상황이 복잡해지고 있어요."

열차가 속도를 높였고, 완두콩 수프의 냄새는 더욱 진해졌다. 단야는 울프가 한 말을 이해하려고 노력하면서 입을 벌리고 숨을 쉬었다.

"왜 할머니는 한곳에 멈추지 않고 제가 찾아가기를 기다리기만 하는 거예요?"

"실종자들은 멈출 수가 없습니다. 말했듯이 그들은 계속 시간에 끌려다니거든요. 그들은 역에서 즐거울 수도 있고, 활기찰 수도 있고, 자기 자신으로 존재할 수도 있지만, 계속 시간에 끌려다녀야 하죠."

이렇게 말하고 일어서려는 울프를 단야가 가로막았다.

"기념품 가져오는 걸 잊어버려서 할머니의 물건은 아무것도 갖고 있지 않아요. 저는 이제 할머니를 만날 수 없나요?"

울프는 펜으로 수염을 긁었다.

"그건 누구도 장담할 수 없습니다. 기념품이 있다고 해서 실종자를 반드시 만날 수 있는 것도 아닙니다. 하지만 기념품을 가지고 있으면 가능성이 훨씬 커지죠. 게다가 엄밀히 말하면, 기념품을 지참하지 않은 사람은 야간열차에 탑승할 수 없습니다. 이건 관광이 아니니까요.”

단야는 숨이 멎는 것 같았다.

“그럼 저는 내려야 하나요? 무조건 할머니를 만나야 해요!”

“이번 한 번은 예외로 해줄게요.”

울프가 한숨을 쉬더니 덥수룩한 눈썹을 찌푸렸다.

“하지만 이번만 봐주는 거예요. 기억하세요!”

콘라드는 갑자기 서류 가방을 열더니, 가져온 물건을 하나씩 꺼내 줄을 세우기 시작했다.

“저는 이것저것 많이 가져왔어요. 보실래요? 아빠의 망치, 배를 탈 때 쓰던 모자, 가장 좋아하던 책이에요.”

그 망치는 할아버지의 오래된 망치와 똑같이 생겼는데, 새끼 손가락만 한 크기였다. 하지만 단야가 “그거 나도 본 적 있어.”라는 말을 할 새도 없이, 콘라드는 물건들을 계속 꺼냈다. 그는 이 많은 기념품을 가지고 아빠를 만날 수 있겠지만, 단야는 밤새도록 열차를 타도 할머니의 흔적조차 보지 못할 수도 있었다.

콘라드가 두꺼운 책 한 권을 들어 보였다.

“시계에 관한 책이야! 우리 아빠는 어떤 시계든 다 고칠 수 있었어.”

“우리 할아버지도 그랬어. 이 열차를 전부 만든 분이야!”

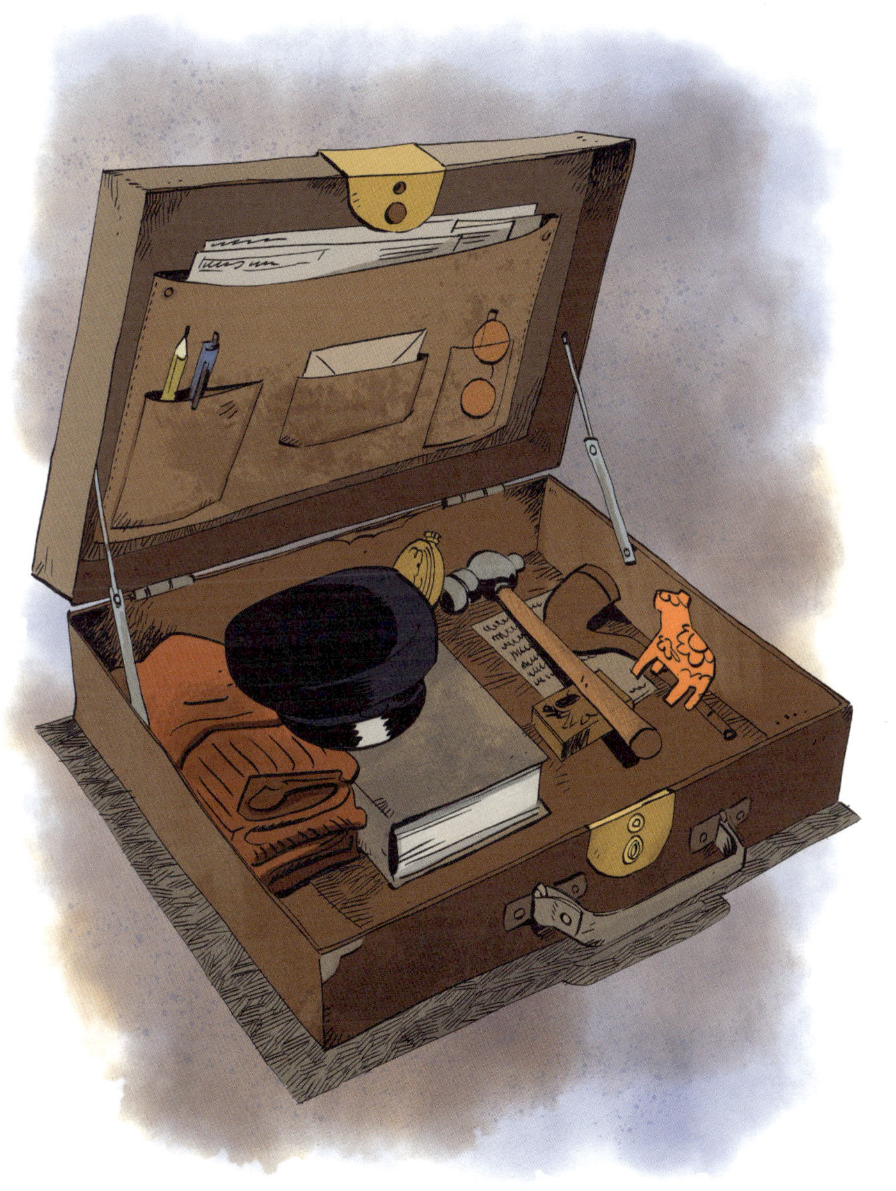

단야의 말에 콘라드가 킥킥거렸다.

"사람이 어떻게 열차를 전부 만들어!"

"아니, 진짜야. 할머니를 만났을 때 말씀해 주셨어."

"내 생각엔 당신이……."

단야를 빤히 바라보던 울프가 일어서서 경례했다.

"닐스의 손녀를 이렇게 야간열차에 모시게 되어 영광, 또 영광입니다!"

발꿈치를 붙여 꼿꼿하게 선 울프의 파란 눈이 빛났다.

"정말이지, 당신이 지난번에 열차에 탑승한 뒤로 누구를 닮았는지 생각해 내려고 노력했는데, 닐스였군요. 자신의 손녀가 자신의 부인을 만나기 위해 야간열차를 이용한 것을 알면 닐스가 얼마나 기뻐할까요! 그거 아세요? 내 사촌이 이모를 만난 적이 있는데……."

단야는 콘라드에게 눈짓을 했고, 콘라드는 재빨리 얼굴을 찡그렸다. 어른들은 항상 먼 친척들에 대해 이야기하고는 하는데 그것보다 지루한 건 없었다.

울프는 말을 멈추더니 펜으로 단야를 가리키며 물었다.

"서랍장은 어떤가요? 여전히 물건들이 흘러넘칠 정도로 꽉 차 있나요?"

"네? 뭐라고 하셨어요?"

"1번 역의 서랍장 말입니다. 분실물 보관함이기도 했죠."

단야는 순간 너무 놀라서 말문이 막혔다.

"우리 집이 1번 역인 건가요?"

울프는 성가신 모기를 쫓는 것처럼 손을 내저었다.

"물론입니다. 1번 역에는 큰 서랍장이 있습니다. 그곳에 주인이 찾아가지 않은 작은 기념품들을 보관하죠. 당신의 할머니가 분실물 보관함을 관리했지만, 얼마 전에 은퇴하셨어요."

울프가 지금 무슨 말을 하는 거지? 할머니의 서랍장이 크로노미터의 분실물 보관함이었고, 그동안 할머니가 야간열차에서 일했다고?

"제가 6번 역에서 할머니를 만났을 때, 열쇠를 찾아야 한다고 말씀하셨어요. 할아버지는 야간열차를 완성하지 못했지만, 만약 제가 열쇠를 찾으면 모두가 열차에 탈 수 있대요."

"정말요? 그럴싸하게 들리네요. 크로노미터도 항상 우리가 마지막 구간의 선로로 진입해야 한다고는 하지만, 어떻게 해야 하는지 아는 사람이 아무도 없거든요. 당신이 말한 열쇠는……."

"열쇠를 갖고 계시나요? 할머니는 할아버지에게 조력자가 있을 거라고 하셨어요."

"그랬을 거예요. 닐스는 비밀스러운 사람이었지만, 부주의하진 않았어요. 나는 닐스가 누군가에게는 가르쳐주었을 거라고 믿어요."

“그럼 차장님은 조력자가 아니시군요?”

울프는 차장 모자가 바닥에 떨어질 정도로 크게 웃었다.

“내가요? 내가 닐스의 조력자라고요? 저는 수화기만 들어도 전화를 고장 내는 사람인데요.”

울프가 말을 멈추고 단야를 바라보았다.

“당신의 말은 아주 흥미롭네요. 크로노미터와 의논해 봐야겠어요. 우리는 반드시 조력자를 찾아야 합니다. 물론 열쇠도요. 아마도 곧 야간열차가 모든 노선을 전부 운행할 수 있을 것 같네요. 그건 어마어마한 일이에요!”

울프는 한동안 말없이 미소를 지었다. 그리고 시계를 보더니 벌떡 일어섰다.

“아이코! 역을 놓칠 뻔했어요!”

울프는 호루라기를 꺼내서 불었다.

“이제 내리세요!”

울프가 이렇게 말하며 열차 밖으로 뛰어내렸다.

“10번 역입니다. 친구들, 10번 역에서 내리실 분은 하차하세요.”

제 10 장

케이크들

야간열차의 속도가 느려지면서 10번 역 밖에서 타고 있던 양초의 붉은 빛이 점점 강해졌다.

"10번 역이요? 제가 좋아하는 역이네요! 저는 여기서 시간을 보내야겠어요."

콘라드가 벌떡 일어나더니 문 옆에 서 있던 울프에게 말했다.

"당신은 이틀 전에도 여기서 내렸죠. 오늘 밤도 여기서 머무르고 싶어 하는 것 또한 이해합니다."

수첩을 빠르게 훑어본 울프는 무언가 생각난 듯 미소를 지었다.

"그건 그렇고, 예전에 크로노미터가 비스킷으로 된 역을 지으려고 했던 적이 있었다고 내가 말했었나요? 정말 엉망진창

이었어요. 새들이 와서 일주일 만에 모조리 먹어 치웠다니까요. 그런데 지금은 훨씬 좋아졌답니다. 결국 중요한 건 역은 튼튼하게 지어야 하고, 실종자들을 끌어들일 만큼 매력적이어야 한다는 거죠."

"그럼 저는요? 저는 지금 기념품을 아무것도 가지고 있지 않은데요."

콘라드가 단야의 손을 잡고 함께 승강장으로 나섰다.

"둘이 있으면 뭐든 훨씬 재밌죠! 나는 여러분들이 이 역을 좋아할 거라고 확신합니다!"

울프는 고개를 끄덕이며 작별 인사를 하더니, 호루라기를 불고 그들 뒤에서 문을 닫았다.

모든 게 단야가 할머니를 만났던 6번 역과 똑같아 보였다. 다른 점이 있다면, 6번 역에서는 눈이 내리고 있었지만, 이 역은 역사 주변의 푸른 들판에서 잔디가 자라고 있었다. 철로 사이에는 분홍색 꽃들이 탐스럽게 피어 있고, 태양이 하늘 높이 떠 있었다.

단야와 콘라드가 채 몇 걸음을 떼기도 전에 야간열차의 문이 다시 열리더니 울프가 내렸다. 그 모습을 보고 단야가 물었다.

"출발 안 하세요?"

울프는 한숨을 쉬며 유니폼 재킷을 벗더니 단정하게 접어서 바닥에 내려놓고, 흰 와이셔츠의 소매를 걷어 올리고는 무릎을 꿇었다.

"신경 쓰지 마세요. 아무래도 바퀴가 말썽인 것 같아서 손을 좀 보려고 해요. 전에도 같은 문제가 생겼었어요."

"그런데 차장님은 수화기만 들어도 전화가 고장이 난다면서요."

단야가 말했다.

"그건 맞아요."

울프는 손으로 바퀴에 붙어 있는 막대를 더듬으며 말했다.

"하지만 지금은 선택의 여지가 없어요. 못 하는 일은 배워서라도 해야죠."

"제가 도와드릴까요? 저는 물건을 잘 고쳐요. 아빠가 가르쳐 주셨거든요."

콘라드가 말했다.

울프는 투덜거리며 손을 저었다.

"내가 해결할게요. 곧 다시 출발할 수 있을 거예요. 곧……."

울프가 호스를 잡아당기자 검고 끈적한 액체가 그의 얼굴에 튀었다. 울프는 침을 뱉더니 거칠게 소리를 지르며 손을 허공에 마구 휘저었다.

"울프가 혼자 있고 싶어 하는 것 같아. 맘껏 욕을 하고 싶을지도 몰라."

단야가 속삭였다. 단야와 콘라드는 계단을 올라갔다. 할머니의 역사로 올라가던 계단과 똑같았다. 할머니가 여기 있다면, 모든 게 얼마나 간단할까? 할머니가 복도에서 두 팔을 벌리고 서 있다면…….

"아마 내일은 할머니를 만날 수 있을 거야."

콘라드는 단야가 무슨 생각을 하는지 아는 것처럼 말했다.

"나도 아빠가 나타나지 않은 채로 며칠 밤을 여행한 적이 있었거든. 이 역에서는 기분이 좀 나아졌어. 너도 그렇게 될 거라고 약속해."

콘라드가 대합실 문을 여는 순간, 달콤하고 따뜻한 냄새가 밀려왔다. 엄마와 함께 케이크를 사러 갔던 빵집에서 나는 냄새와 똑같았다.

"이거 봐!"

처음에 단야는 그저 그곳이 할머니의 집과 똑같다고만 생각했다. 벽을 따라 긴 벤치들이 놓여 있고, 안에는 역장실이 딸린 매표소가 있었기 때문이다. 그런데 그 벤치들은 비어 있지 않았다. 음식이 그득하게 담긴 접시들이 빈틈없이 빽빽하게 놓여 있었다. 단야는 접시에 무엇이 있는지 깨닫는 순간, 자신의 눈을 믿을 수가 없었다.

"케이크?"

그러자 콘라드가 웃으며 말했다.

"그것도 수백 만개나 돼! 여기에는 케이크가 얼마나 많은지 몰라! 게다가 쿠키와 팬케이크, 아이스크림, 사과주스, 캐러멜까지 다 있다고!"

층층이 쌓인 생크림 케이크는 커다란 딸기와 초콜릿 소스로 장식되어 있었다. 그 옆에는 김이 날 정도로 뜨거운 샤프란 빵이 접시에 담겨 있었고, 빵 옆에는 캔디가 담긴 쟁반이 놓여 있었다.

단야는 딸기를 하나 집었다. 마치 만지는 순간 사라질 것을 잡는 것처럼 재빠른 속도였다. 맛은 평범한 딸기와 다를 게 없었다. 더운 여름날 밭에서 따온 것 같았다. 단야가 딸기를 먹자마자 접시에 똑같은 것이 다시 생겼다. 울프가 말한 대로, 크로노미터는 모든 음식을 계속 채워주었다.

"먹고 싶은 만큼 먹어도 돼!"

콘라드가 입안에 음식을 가득 넣은 채 말했다. 그는 이미 초콜릿 머핀 반 개를 먹고, 손에는 스프링클이 뿌려진 아이스바를 들고 있었다.

"아빠가 널 찾을 수 있도록 여기에 기념품을 남겨놓는 게 좋지 않을까?"

콘라드는 재빨리 아이스바에서 시선을 뗐다.

"아, 그렇지……."

“아니면 지난번에 왔을 때 이미 하나 두고 간 거야?”

“맞아. 그랬던 것 같아. 잊어버리고 있었네!”

단야가 콘라드를 곁눈질로 힐끔 바라보니, 그는 쿠키가 든 병을 열고 다양한 색깔의 쿠키들을 집어 먹느라 정신이 없었다.

단야는 페이스트리 빵을 하나 들고 주변을 둘러보았다. 마시멜로 위로 초콜릿 소스가 천천히 떨어지는 초콜릿 분수와 욕조만 한 그릇에 담긴 커다란 아이스크림 덩어리가 보였다.

“그 열쇠는 어떻게 작동하는 걸까?”

콘라드가 노르스름한 쿠키를 집다 말고 단야를 바라보았다.

“아빠가 늘 말씀하셨어. 기계가 그저 기계일 뿐이어서는 안 되고, 기계를 사용하는 사람들에 대해서도 뭔가 말해야 한다고. 만약 내가 야간열차를 만들었다면, 그 열쇠는 뭔가 재미있는 것과 연관되도록 했을 거야.”

“할아버지도 꽤 재밌는 분이셨어. 코에 드라이버를 올려 균형을 잡을 수 있었지.”

“우리 아빠도 그랬어. 무언가를 잘 작동하게 만들었을 때만 활짝 웃으셨거든. 엄마는 아빠가 자기랑 함께 있을 때는 그렇게 즐거워하지 않았다고 했어.”

“아…… 그래서 슬퍼하셨던 걸까? 나도 그런 말을 들으면 슬플 것 같아.”

“잘 모르겠어. 난 그냥 빨리 아빠를 만나고 싶을 뿐이야.”

물방울무늬의 쿠키 병 안에는 아빠가 '꿈'이라고 부르던 포슬포슬한 쿠키가 들어있었다. 그 옆의 접시에는 설탕 시럽이 발린 도넛이 있었고, 또 공주님 케이크와 마지팬 케이크, 황금색 스프링클이 뿌려진 초콜릿 케이크, 반짝이는 불꽃놀이 장식이 꽂힌 머랭 케이크가 놓여 있었다.

단야는 달콤한 디저트를 보고 10번 역으로 이끌릴 실종자들을 떠올리면서 모든 케이크를 신중하게 맛보았다.

만약 단야가 사라졌다면, 과연 디저트들에 이끌렸을까? 단야는 라즈베리 무스를 한 그릇 더 먹으면서 어쩌면 그럴 수도 있겠다고 생각했다.

매표소는 생강 쿠키가 담긴 접시로 가려져 있었다. 단야는 아이싱으로 장식된 쿠키 한 조각을 들고 역장실로 들어갔다. 역장실은 책상과 의자가 있는 평범한 방처럼 보였지만, 빈 곳마다 쿠키 접시가 놓여 있었다.

"여기에도 쿠키가 있어!"

단야가 말했지만, 콘라드는 듣지 못했다. 방 반대편에 서서 바닐라 크림을 곁들인 루바브 파이를 먹느라 정신이 팔려 있었다.

단야는 문 뒤에 멈춰 섰다. 방의 가장 안쪽 구석에서 삐걱거리는 소리가 들렸다. 처음에는 약간 삐걱거리더니 갑자기 오리처럼 꽥꽥거렸다. 소리가 너무 커서 깜짝 놀란 단야는 동시에 누군가 책상에 앉아 있다는 것을 알아차렸다. 빨간색의 큰 재킷을 입고 후드를 머리 위로 뒤집어쓴 여자였다. 길고 가느다란 손가락을 가지고 있었으며, 길게 뻗은 갈색 머리가 후드 밖으로 늘어져 있었다. 여자는 단야를 발견하자 날카로운 목소리로 소리쳤다.

"나가! 나는 혼자 있고 싶다고! 사라져!"

"죄송합니다. 방해하려던 건 아니에요. 제 할머니가 사라지셔서……."

후드를 쓴 여자는 손에 있는 것을 숨기려고 했다. 꽥꽥거리는 소리가 한 번 더 들렸는데, 그 소리가 너무 진짜 같아서 오리가 당장이라도 걸어 나올 것만 같았다. 또다시 꽥꽥 소리가 들렸지만, 여자는 물건을 주머니에 넣고 일어섰다.

여자는 뒷걸음질 치는 단야를 향해 천천히 다가오기 시작했다. 여자는 위협적으로 보였지만, 그럼에도 불구하고 단야는 열쇠에 대해 물어봐야만 했다. 만나는 모든 사람에게 물어보겠다고 할머니와 약속했으니까.

"혹시 열쇠를 보신 적 있나요? 은으로 된 열쇠요."

단야가 말을 꺼냈다. 여자는 대답 대신 으르렁거리며 금방이라도 단야를 덮칠 기세였다.

"죄송해요. 방해하지 않을게요."

대합실을 거의 빠져나왔을 때, 접시 위에 놓인 빵 한 개가 단야의 눈에 들어왔다. 크고 둥근 빵 가운데에는 바닐라 크림 한 덩어리가 올려져 있었다. 할머니가 만든 선샤인 브레드였다!

"나가! 여기서 나가!"

여자가 소리치며 문을 세게 닫는 바람에, 단야는 문틈에 끼지 않기 위해 재빨리 비켜서야만 했다. 단야는 감히 저 문을 다시 열 수가 없어서 망설였다. 하지만 반드시 그 방으로 다시 들어가야만 했다. 선샤인 브레드가 어떻게 거기에 있었는지는 몰라도, 분명히 할머니와 연관이 있었다.

제 11 장

탈출

단야는 코앞에서 닫힌 문을 멍하니 바라보았다.

"저기 누군가 있어."

단야가 생강 쿠키를 먹고 있는 콘라드에게 속삭였다.

"누군데?"

"모르겠어. 근데 엄청 화가 난 것 같아. 게다가 우리 할머니가 자주 만들었던 빵과 똑같은 빵을 찾았어. 할머니가 여기로 오신다는 뜻일까?"

울프는 실종자들이 음식에 이끌려 이 역으로 온다고 말했다. 할머니는 빵을 좋아했으니, 어쩌면 이미 나타나서 선샤인 브레드를 남기고 간 건 아닐까?

단야가 역장실 문을 조심스럽게 두드렸다. 여자는 아무런 대답도 하지 않았다. 단야는 문을 열고 떨리는 목소리를 가다듬었다.

"실례합니다. 혹시 그 빵을 좀 더 가까이에서 자세히 볼 수 있을까요?"

여자는 여전히 빨간 재킷의 후드를 쓰고 있어 얼굴이 보이지 않았다. 그녀는 양팔을 벌리고 단야가 방에 들어오는 것을 막고 있었다.

"죄송해요. 여기 문가에만 좀 서 있을게요. 할머니가 오실지도 모르거든요. 저 접시에 담긴 빵이 저희 할머니가 만든 선샤인 브레드예요."

단야는 가까스로 용기를 내어 방 안으로 몇 걸음 들어갔다. 손만 뻗으면 빵을 가져갈 수 있을 것 같았다. 단야가 빵을 집으려는 순간, 여자가 소리쳤다.

"건드리지 마!"

단야는 그 자리에 얼어붙었다.

"여기서 나가!"

여자는 작은 쿠키들이 담긴 디저트 트레이를 거칠게 움켜쥐더니 단야에게 던지려는 시늉을 했다. 여자는 단야를 향해 점점 더 가까이 다가오면서 몸을 앞으로 기울이고 금방이라도 단야를 붙잡을 기세로 손을 뻗었다.

사실 단야는 달아나고 싶었지만, 그 빵만은 꼭 가져가야 했다. 다리가 후들거릴 정도로 무서운데도 침착하게 방 안을 살펴보았다. 어딘가에는 몸을 지킬 만한 무언가가 있을 것이다. 곳곳에 놓인 쿠키들 사이로, 테이블 아래에 커다란 물체가 희미하게 보였다. 단야는 재빨리 몸을 굽혀 그것을 끌어당겼다. 유리로 만들어진 그 물건은 꽤 무거웠다. 언뜻 파란색이 보였다. 단야는 그것을 머리 위로 들어 올렸다.

"더 가까이 오면 이걸 던질 거예요."

여자는 몸이 굳은 채 단야의 손에 들린 물건을 바라보았다.

"조심해. 조심하라고……."

여자가 중얼거렸다. 단야는 유리 물건을 머리 위로 들어 올린 채 대합실 쪽으로 뒷걸음질 쳤다. 여자는 계속 그 물건만 응시했다.

"그걸 나에게 줘! 이리 내놔!"

단야는 고개를 저으며 계속 뒷걸음질 쳤다. 여자와 어느 정도 멀어진 것 같다가도, 여자는 곧 단야에게 따라붙었다. 콘라드는 단야가 머리 위로 들고 있는 물건을 멍하니 쳐다보고 있었다.

"콘라드! 도와줘! 그 여자가 쫓아와!"

단야가 목소리를 높이자 그제야 콘라드가 반응했다. 여자가 단야를 향해 달려들던 찰나, 콘라드가 다리를 걸었고, 여자는 바닥에 큰대자로 넘어졌다.

"도망쳐! 계속 쫓아와!"

단야가 소리쳤다. 단야와 콘라드는 계단 위로 굴러떨어졌다.

야간열차는 여전히 승강장에 서 있었다. 단야와 콘라드가 급하게 달려오자, 바퀴 옆에서 두 팔로 땅을 짚고 엎드려 있던 울프가 고개를 들었다.

"무슨 일이 있었나요? 여러분, 왜 뛰어오세요?"

울프는 더러운 수건에 손을 닦으며 몸을 일으켰다. 단야는 숨을 헐떡이면서 울프에게 말했다.

"미친 여자가 있어요! 빵도 가져오지 못했다고요! 왜 이 역이 위험하다고 말해주지 않았어요?"

"누군데요?"

단야와 콘라드는 돌아서서 손가락으로 역사를 가리켰다. 하지만 계단에는 아무도 없었고, 여자도 보이지 않았다.

"빨간 후드를 쓴 어떤 아주머니인데, 소리를 질렀어요."

콘라드가 다급하게 말했다.

"정말요? 확실해요? 어젯밤 이후로 이 역에는 아무도 내려준 적이 없어요. 오늘 첫 운행에서는 승객이 당신들뿐이었고요."

"물론이죠. 확실히 보았어요."

단야의 말에 울프는 두 사람을 잠시 바라보다가 빙긋 웃었다.

"지금 날 놀리는 거죠? 난 이런 장난을 이미 몇 번 겪었어요.

가족을 만나고 기분이 좋아진 추적자들이 장난을 치고는 하거든요. 이 늙은이는 놀림을 받아도 감사하게 생각합니다. 뭐, 그냥 그렇다고요."

울프는 자신의 손목시계를 보더니 멈칫했다.

"이럴 수가. 늦었어요. 우리가 시간을 맞추지 못하면 사람들이 화를 낼 거예요."

"우린 농담하는 게 아니에요! 저 안에 화가 난 아주머니가 있다니까요."

콘라드가 말했지만, 울프는 꿈쩍도 하지 않았다.

"이 정도 했으면 충분하잖아요. 화가 났건 아니건 거기엔 사람이 있을 수가 없어요. 우리는 이제 가야 합니다."

울프는 자신의 유니폼 재킷을 들고 셔츠의 소매를 내렸다. 흰색이었던 셔츠는 기름과 먼지의 얼룩 때문에 우중충해졌다.

"그럼 열차는 지금 제대로 작동하는 거예요? 잘 고치셨어요?"

"모르겠어요."

콘라드가 묻자, 울프는 단야와 콘라드를 열차 안으로 밀어 넣으며 대답했다.

"일단 여기 계세요. 나는 크로노미터에 열차가 지연되었다고 알려야 합니다. 그들이 좋아하진 않겠지만요……. 전혀요."

울프는 옆 칸으로 가버렸고, 단야와 콘라드는 빨간 좌석 중 하나에 털썩 앉았다. 숨을 고르는 데 한참이 걸렸다.

“그 빵을 가져올 수 있었는데! 내가 없는 사이에 할머니가 그곳에 가면 어쩌지?”

단야는 자신을 기다릴 할머니를 생각하니 눈물이 고였다.

“그 빵이 어떻게 거기 있었을까? 정말 너희 할머니가 만든 빵과 똑같았어?”

“당연하지.”

“네가 빵을 거기 둔 건 아니고?”

“내가 그럴 시간이 있었겠어?”

콘라드는 손가락으로 넥타이를 빙빙 돌렸다.

“정말 이상하네. 크로노미터가 똑같이 구워낸 걸까?”

단야는 오직 할머니만이 선샤인 브레드 레시피를 알고 있다고 말하려고 했다. 하지만 콘라드가 갑자기 손가락으로 단야 옆에 놓인 물건을 가리키는 바람에 타이밍을 놓쳤다.

“이건 왜 가져온 거야?”

그제야 단야는 자신이 후드를 쓴 여자에게 던지려 했던 그 물건이 오르골이라는 걸 깨달았다. 그것은 단야가 지금껏 보았던 오르골 중에 가장 컸다. 유리 돔 안에는 둥글고 파란 구슬이 하나 들어 있었다. 그게 전부였다.

“아, 이건 아까 우연히 얻은 거야.”

단야가 오르골의 손잡이를 돌렸다. 유리 돔은 황금색 받침대 위에 고정되어 있었고, 파란 구슬이 앞뒤로 흔들거렸다.

"만약 내가 누군가의 기념품을 실수로 가져온 거면 어떡하지? 그 방 안에 있는 모든 게 다 기념품인가?"

"그건 아닌 것 같아. 절대로 그렇지 않을 거야. 케이크 먹을래? 아빠가 좋아하던 생크림 케이크를 좀 가져왔어."

"울프가 다른 사람의 기념품을 가져가면 안 된다고 말했잖아. 그러면 실종자들이 사라져서 다시는 돌아오지 못할 수도 있다고."

"울프가 그런 말을 했다고? 나는 못 들었는데."

콘라드가 고개를 갸웃하자 단야는 기억을 떠올리려고 곰곰이 생각했다.

"야간열차를 처음 탔던 날 밤에 들었어. 너는 그때 없었구나."

"아……."

콘라드가 다시 넥타이를 손가락으로 돌리며 오르골을 바라보았다.

"그럼 저건 주인에게 돌려주는 게 좋을 것 같아. 원한다면 내가 처리해 줄게."

"꽤 무거운데."

"상관없어."

콘라드는 오르골을 들어 자기 자리로 옮겼다.

열차가 서서히 속도를 늦췄고, 그들은 빨간 양초의 불빛을 보았다. 이번 역의 역사는 축구경기장 한가운데에 있었다. 경기장에는 라인이 그려져 있었고 골대도 보였다. 단야는 울프가 큰 트로피를 든 추적자를 열차에서 내려주는 모습을 보았다.

열차는 다시 출발했다. 콘라드가 킁킁거리며 냄새를 맡았다.

"이번엔 거품 목욕 냄새가 나네. 아까 완두콩 수프보다 나은 것 같아."

단야도 숨을 깊게 들이마셨다. 마치 열차 전체가 분홍색 거품으로 가득한 따뜻한 욕조 같았다.

"너희 할머니에 대한 이야기를 하나 해주면, 나도 우리 아빠 이야기를 하나 해줄게. 번갈아 가면서 하자."

"좋아. 재밌을 것 같아!"

콘라드의 제안에 단야가 미소를 지었다. 할머니와의 추억이라면 누구보다 자신 있었다.

"우리 할머니는 머랭을 입에 넣고 휘파람을 불어도 머랭이 부서지지 않았어."

"우리 아빠는 작업복을 일곱 벌이나 가지고 있어. 요일별로 정해져 있었지."

"우리 할머니는 어렸을 때 암소 한 마리를 키웠어. 이름은 '로사'였고, 타고 다닐 수도 있었대."

"우리 아빠는 나무를 좋아했어. 아빠랑 나는 같이 나무집을 짓고는 했어."

그들은 울프가 문을 열 때까지 이렇게 이야기를 주고받았다. 다시 돌아온 울프는 차장 모자를 비스듬히 쓰고 수염은 아무렇게나 뻗쳐 있었다.

"1번 역입니다. 내리실 분은 하차하세요."

"벌써 우리 역이네."

"최고 속도로 운행했거든요. 크로노미터는 운행이 지연되는 걸 좋아하지 않아요. 솔직히 말하면 그들은 화가 꽤 많이 났어요."

울프가 이렇게 말하며 단야를 가리켰다.

"할머니에게 줄 기념품이 아무것도 없다면, 여기서 내리는 게 좋겠어요. 언제든지, 어느 밤이든 다시 탈 수 있으니까요."

"정말로 내려야 하나요?"

"사실 이건 논의의 여지가 없어요. 이번만 특별히 예외를 허락했지만, 기념품 없이는 누구도 야간열차에 탑승할 수 없습니다. 닐스의 손녀라도 말이죠."

콘라드는 그대로 앉아 있었다.

"저는 한 바퀴 더 돌래요. 아빠를 만나고 싶어요. 기념품도 잔뜩 있고요. 정말 많아요."

울프가 문을 열었다.

"자, 어서!"

울프가 이렇게 말하며 단야를 승강장 위로 밀어내고는 소리 높여 외쳤다.

“하차! 승차!”

울프가 호루라기를 불자 야간열차가 다시 출발했다. 단야가 본 마지막 장면은 콘라드가 생크림 케이크를 들고 자신을 향해 손을 흔드는 모습이었다.

단야는 천천히 계단을 올라가 자기 방으로 들어갔다. 조금도 피곤하지 않았고, 울프가 했던 모든 말이 머릿속에서 맴돌았다. 할머니의 집이 1번 역이라는 것과 10번 역에서 선샤인 브레드를 발견한 것. 서랍장이 더는 작동하지 않는 기념품을 위한 분실물 보관함이라는 것도.

단야는 할머니의 방으로 갔다. 서랍장을 더 자세히 살펴봐야만 했다. 게다가 기념품도 모아야 했다. 다음번에는 절대 잊지 않겠다고 다짐했다.

할머니의 방문이 조금 열려 있었는데, 그 안에서 그림자가 힐끗 보였다. 단야가 방문을 활짝 열자, 그 그림자가 단야를 잡아끌었다.

“너!”

제 12 장

관리인

단야가 할머니 방에 들어서자, 난다는 서랍장의 서랍 중 하나를 황급히 닫았다.

"여기서 뭐 해?"

"그러는 너는 여기서 뭐 하는데?"

놀란 단야가 물었지만, 난다는 태연히 되물었다. 난다는 까만 바지와 핫핑크 스웨터를 입고 있었는데, 바지의 무릎 부분에 큰 구멍이 나서 옷핀을 달아놓았다. 단야가 또다시 물었다.

"한밤중에 왜 옷을 입고 있어?"

"너는 왜 옷을 입고 있는데?"

"왜 내 말 따라 해?"

"왜 내 말 따라 해?"

난다는 늘 하던 대로 팔짱을 끼고, 마치 도둑으로부터 서랍장을 지키려는 사람처럼 서 있었다. 단야의 아빠는 야간열차가 그저 꿈일 뿐이라고 했지만, 난다는 야간열차의 존재를 믿고 있는지도 모른다.

"할머니가 어디 계시는지 알지? 진지하게 물어보는 거야."

단야의 질문에 난다가 입술을 깨물었다. 난다는 한참 망설인 뒤 겨우 입을 열었다.

"뭐가 진지한데?"

"할아버지가 만든 야간열차를 탔어. 이름은 나이트 익스프레스고, 울프라는 사람이 차장으로 일하고 있어."

둘은 서로를 계속 쳐다보았다. 난다가 눈썹을 치켜올렸다. 난다의 눈썹은 스웨터 색과 똑같은 핫핑크색이었다. 난다가 화난 표정을 짓지 않았다면, 단야는 난다의 눈썹이 꽤 예쁘다고 생각했을지도 몰랐다.

"너는 잘 알지도 못하면서 엄마랑 아빠한테 왜 그런 소리를 해? 안 그래도 두 분은 다른 고민거리가 많다고. 이제 철 좀 들어라."

단야는 무언가 말하려다 단념했다. 난다가 심술궂게 행동할 때는 어떤 말을 해도 소용이 없었다.

"난 가서 잘 거야."

"그래라."

난다는 대답만 하고는 가만히 서 있었다. 단야가 문을 쾅 닫고 계단을 내려갔다. 기념품은 나중에 난다가 할머니 방에 없을 때 챙기기로 했다. 난다는 클라리넷을 불기 위해서라도 할머니의 방을 나올 테니까.

단야가 아래층으로 내려가자, 부엌에 아빠가 있었다.

"쉿! 엄마는 아직 자고 있어. 이 시간에 왜 문을 그렇게 쾅 닫는 거야?"

"잠이 안 와서요. 언니는 바보예요."

아빠는 한숨을 쉬며 단야를 안아주었다.

"너희들 좀 친하게 지낼 수 없겠니? 너희가 아니어도 충분히 힘들단다."

"알아요. 죄송해요."

단야의 대답을 들은 아빠는 냉장고 문을 열었다. 그러고는 버터와 치즈를 꺼내고 빵을 잘랐다.

"치즈 샌드위치 해줄까?"

"아빠, 어젯밤에도 나가서 할머니를 찾으셨어요?"

"물론이지. 엄마랑 둘이 나갔었어."

"그때 이상한 소리 못 들으셨어요? 그러니까…… 여기에 열차가 지나가면 자다가 일어나실 거예요?"

아빠가 웃음을 터뜨렸다.

"열차? 그러면 일어나겠지."

"제 생각에 열차 소리를 들은 것 같아서요."

"풍력발전기에서 나는 소리 아닐까? 큰 소리를 내면서 돌아가거든. 전에 본 적이 없구나? 꿈에서는 그 소리가 열차 소리처럼 들릴 수도 있지."

단야는 숨을 크게 들이마셨다. 아빠가 믿게 만들어야 했다.

"아빠, 저는 이게 꿈이 아니라고 확신해요. 진짜 야간열차를 탔고, 할머니를 만났어요. 제발 제 말을 믿어주세요!"

아빠는 들고 있던 버터나이프를 내려놓았다. 순간 부엌에는 침묵만이 감돌았다. 이윽고 아빠가 허리를 굽혀 단야의 눈을 똑바로 바라보았다.

"사랑하는 딸, 네가 할머니를 보고 싶어 하는 건 이해하지만, 그 야간열차 이야기는…… 네 엄마가 어릴 때부터 할머니가 들려주시던 이야기야. 심지어 엄마도 어느 날 밤에 승강장으로 나간 적이 있는데, 아무것도 나타나지 않았대. 네가 할머니랑 재미있게 노는 건 좋지만, 할머니의 말을 다 믿지는 마. 그러면 실망하게 될 거야."

아빠의 걱정 어린 눈을 보니, 단야가 할 수 있는 일이 아무것도 없다는 걸 깨달았다. 아빠는 일어나서 단야의 머리를 쓰다듬어 주었다.

"학교에 전화해서 할머니 일을 말해줄까? 그러면 학교에서도 네가 왜 숙제를 못 했는지 이해해 주지 않을까?"

학교라니! 지금 이 상황에서 숙제가 무슨 상관이람!

난다가 부엌으로 내려와서 샌드위치를 가지고 자신의 방으로 사라졌다. 단야는 난다가 다시 돌아오지 않을 거라는 확신이 들어서, 할머니 방으로 살금살금 들어갔다.

기념품으로 가져갈 수 있는 물건을 찾아야 했다. 서랍장에 있는 물건은 할머니의 것이 아니어서 기념품이 될 수는 없었다. 뭐가 좋을까? 단야는 천천히 방 안을 둘러보았다.

그러다 침대 밑에서 크리스마스트리 장식이 담긴 상자를 꺼내 초록색 구슬을 집어 들었다. 할머니가 하나씩 주던 은박지로 싼 초콜릿도 괜찮을 것 같았다. 단야는 침대 옆 서랍장 위에 놓인 그릇에서 초콜릿을 하나 꺼냈다. 그리고 사진도 좋지 않을까? 할머니가 암소 로사와 함께 찍은 사진이라면, 분명히 할머니를 불러낼 수 있을 것이다.

단야는 사진을 향해 손을 뻗다가 서랍장 앞면에 새겨진 장식을 보고는 미소를 지었다. 그것은 크로노미터의 로고였다. 가장자리에 숫자 대신 철로가 그려진 시계 그림.

단야는 할머니의 물건들을 자신의 방으로 가지고 와서 배낭을 싸기 시작했다. 할머니와 같이 만든 빵은 가장자리가 조금 말랐지만, 그것도 함께 넣었다.

이제 단야는 준비를 모두 마쳤다.

그날은 아무 일도 일어나지 않고 하루가 천천히 흘러갔다.

엄마와 아빠는 잠깐 쉬고 나서 다시 할머니를 찾으러 나갔고, 어두워져도 돌아오지 않았다. 단야는 자신의 방 창문 옆에 앉아 난다가 잠자리에 들 때까지 기다렸다.

밖은 점점 더 캄캄해졌고, 난다는 같은 멜로디를 계속해서 연주하고 또 연주했다. 야간열차가 벌써 한 바퀴를 다 돌았을 정도로 시간이 많이 흘렀다. 단야는 최대한 집중해서 귀를 기울였지만, 열차 소리는커녕 난다의 날카로운 클라리넷 연주 소리만 들렸다.

마침내 난다가 조용해지자, 단야는 승강장으로 달려가 양초에 불을 붙였다. 단야는 야간열차가 오는 방향과 승강장을 번갈아 바라보았지만 콘라드가 올 것 같지 않았다. 콘라드와 함께 있을 때가 더 좋았기 때문에 아쉬웠다.

이윽고 단야의 발밑에서 땅이 흔들리더니 야간열차가 승강장으로 들어왔다. 울프가 문을 열어주었다.

"오늘 밤은 내가 가장 좋아하는 향기예요. 무슨 냄새인지 아세요?"

단야는 웃음을 터뜨렸다.

"블루베리! 블루베리 파이 냄새네요!"

"세상에서 제일 맛있는 음식이죠!"

울프는 호루라기를 불었고, 열차가 출발했다.

단야가 다음 칸으로 넘어가려는 울프를 막아섰다. 단야는 엄마와 아빠가 이 밤의 여정에 함께할 수 있으면 좋겠다고 간절히 바랐다. 그러면 열쇠와 조력자를 함께 찾을 수 있을 테니까.

"차장님, 이미 첫 바퀴를 돌았나요?"

"네, 아까 지나갔죠."

"그런데 왜 제가 열차 소리를 듣지 못했죠?"

"당신이 양초를 켜면 반드시 야간열차의 소리를 들을 수 있습니다. 아니면 다른 사람이 양초를 켜고, 당신이 승강장에서 열차를 탈 준비를 하고 있을 때도 그렇죠. 아, 물론 누군가를 그리워하면서요."

단야는 어릴 때 승강장에 나갔지만 야간열차를 보지 못했다는 엄마를 떠올렸다.

"어떻게 해야 엄마와 아빠가 야간열차의 존재를 믿을까요?"

"그들이 당신의 말을 믿지 않나요?"

단야는 고개를 끄덕였다.

"그런 경우를 여러 번 보았습니다. 세상에는 자신이 미처 알지 못하는 일도 있다는 걸 인정하는 자세가 필요하죠. 당신의 부모님은 어떤가요? 크로노미터에서 이야기하는 것처럼, 보통의 틀에서 쉽게 벗어날 수 있나요?"

단야는 늘 리스트를 적는 아빠와 항상 양말의 짝을 맞춰 서랍에 넣는 엄마를 떠올리고는 고개를 저었다.

“물론 그건 어려운 일이에요.”

“아빠는 야간열차의 소리가 풍력발전기에서 나는 소리라고 생각해요.”

“풍력발전기라니! 사람들은 현실을 넘어설 필요가 없는 한, 무엇이든 믿으려고 하죠.”

“차장님이 저희 부모님께 말해 주시면 안 돼요? 차장님의 말이라면 믿으실 거예요.”

울프는 고개를 저으며 손가락을 입에 대고 지퍼를 잠그는 시늉을 했다.

“크로노미터에서 일하는 사람들은 비밀 유지 의무가 있습니다. 게다가 지금은 기계 장치가 당신의 할아버지가 의도한 대로 작동하지 않아서, 우리는 감히 승객 수를 늘릴 수도 없어요. 전에 말했던 크로노미터 홍보 캠페인도 그래서 무산된 거예요. 안내 책자도 제작하고 로고까지 만들었는데 말이에요. 얼마나 많은 돈이 허공에 날아갔는지 짐작도 할 수 없죠. 우리는 승객이 대규모로 유입되는 걸 절대 감당할 수 없기 때문에 양초의 수량도 엄격하게 제한되었어요.”

울프는 수첩에 적힌 내용을 펜으로 하나씩 탁탁 짚으며 말했다.

“일단 촛불을 켜야 하고, 누군가를 그리워해야 하며, 정해진 선로를 벗어나 상상할 줄 알아야 해요. 그래야 야간열차의 존재를 믿을 수 있어요.”

울프는 옆 칸을 가리켰다.

"콘라드가 저기에 앉아 있어요. 밤을 샌 모양인지 정말 피곤해 보이네요."

콘라드는 의자에 기대 거의 반쯤은 누워 있었다. 단야는 그 맞은편에 앉았다. 콘라드 옆에는 단야가 10번 역에서 우연히 가져온 오르골이 놓여 있었다. 몇 개의 역을 지나고 나서야 콘라드가 잠에서 깨어 눈을 비비며 일어났다.

"오, 안녕. 오늘 밤에는 기념품 가져오는 걸 잊지 않았지?"

콘라드는 열차의 흔들림 때문에 오르골이 바닥으로 떨어지지 않도록 제대로 자리를 잡아주었다.

단야는 배낭을 들어 올리며 가볍게 흔들었다. 크리스마스트리 구슬과 사진이 달그락거렸다.

"좋아. 울프가 항상 그랬잖아. 기념품이 있는 한 희망은 있다!"

콘라드가 울프의 목소리를 흉내 내면서 말했고, 단야는 웃음을 터뜨렸다. 역시 야간열차에 혼자 탈 때보다 콘라드와 함께하는 게 훨씬 재미있었다.

"우리는 이걸 반드시 돌려줘야 해."

단야가 오르골을 가리키며 말했다. 그러고는 울프를 찾으려고 주위를 둘러보았지만, 그는 이미 다른 칸으로 가고 없었다.

열차는 이리저리 흔들리며 역들을 지나갔다. 어떤 역은 어두웠지만, 어떤 역에서는 빨간 양초의 불빛이 보이기도 했다. 단야와 콘라드는 어젯밤처럼 번갈아 가면서 할머니와 아빠의 이야기를 했다.

콘라드는 자신의 아빠가 '막대기'라는 이름의 대벌레를 키웠다고 말했고, 단야는 큰소리로 웃었다. 그리고 할머니가 자신을 어루만져 줄 때 다른 사람이 해주는 것보다 훨씬 기분이 좋다는 단야의 말에 콘라드가 고개를 끄덕였다.

"내리세요! 12번 역입니다, 하차하세요."

단야가 벌떡 일어났다.

"우리는 10번 역에서 내려야 하잖아!"

"어떤 기념품을 놓으려고요?"

이미 문을 열어버린 울프가 물었다. 단야는 배낭에서 크리스마스트리 구슬을 꺼내 보여주었다.

"그럼 이 역과 딱 어울리네요. 여기에는 크리스마스 장식만 모아둔 선반이 있거든요."

울프는 그들에게 서두르라고 손짓했다. 콘라드는 이미 열차에서 내렸지만, 단야는 잠시 망설였다.

"이 역에는 위험한 게 전혀 없어요. 나는 이 12번 역을 '잡동사니 역'이라고 부릅니다. 여기에는 다른 어떤 역에도 어울리지 않는 것들이 모여 있죠."

그때 콘라드가 두고 간 오르골이 단야의 눈에 띄었다.

"저희가 우연히 이걸 가져왔어요."

단야는 이렇게 말하며 오르골을 집어 들었다.

"썩 좋은 일은 아니네요. 아마도 그건 기념품일 텐데……."

울프는 수첩을 꺼내 첫 페이지를 펼치고는 빠르게 읽었다.

"당신이 직접 가지고 있지만 않으면 문제는 없을 거예요. 기념품의 주인이 나타나지 않는다면 어느 역에 두어도 괜찮습니다. 결국 분실물 보관함으로 옮겨질 거니까요. 파손이나 고장도 없고요. 그러니까 당신이 그걸 보관하지만 않으면 된다는 겁니다."

오르골이 단야의 손에서 불타는 것 같은 느낌이 들었다. 진짜 주인이 사라지지 않게 하려면 빨리 오르골을 처리해야 했다.

울프는 단야와 함께 열차에서 내리더니 다리가 세 개 달린 간이의자를 펼치고는 가방에서 보온병과 샌드위치를 꺼냈다.

"법정 휴식 시간입니다."

단야의 놀란 표정을 본 울프가 말했다.

"이 역에서는 조금 더 오래 머물러야 한다고 규정에 나와 있거든요."

울프는 씩 웃으며 말을 이어갔다.

"가끔은 타고 내리는 승객이 너무 적어서 이곳을 하룻밤에 네다섯 번씩 지나가기도 합니다. 딱히 경제적이지는 않지만, 근무 중에 잠깐 쉴 수 있어서 좋아요."

승강장에는 높은 선반들이 서로 빽빽하게 붙어 있었다. 몇몇 추적자들이 찻잔과 공구, 작은 도자기 인형 사이를 왔다 갔다 했다.

단야는 할머니와 한 약속을 잊지 않았다.

"실례합니다."

단야가 난다의 또래처럼 보이는 한 소년에게 다가가 말을 걸었다. 키가 큰 그 소년은 너무 슬퍼 보였다. 단야는 괜히 방해했다고 생각하면서도 소년에게 물었다.

"혹시 은으로 된 열쇠를 본 적 있나요?"

소년은 고개를 저으며 선반들 사이로 사라졌다. 단야는 오르골과 크리스마스트리 구슬을 놓아둘 좋은 자리를 찾으며 만나는 모든 사람에게 열쇠에 대해 물었다.

그곳은 도서관이나 박물관처럼 오래된 물건들로 가득 차서, 방문객들은 전시품 사이를 아주 조심해서 다녀야 했다. 선반 위에는 모자, 장갑, 안경, 반지와 목걸이, 오래된 핸들, 장식품, 그리고 아름다운 펜들이 놓여 있었다. 크기가 작은 물건들은 '펜촉', '보석', '캐러멜'이라고 적힌 라벨이 붙어 있는 바구니에 꼼꼼하게 분류되어 있었다.

단야는 가방을 열고 기념품으로 가져온 크리스마스트리 구슬을 손으로 더듬어 꺼냈다. 할머니가 나타나야 할아버지의 조력자가 누구인지 알 수 있을 텐데.

“무엇을 도와드릴까요?”

한 여자가 유리컵이 담긴 쟁반을 단야에게 내밀었다. 여자는 검은색 드레스를 입고 흰색 앞치마를 두르고 있었다. 목소리가 어딘가 익숙한 느낌이 들었지만, 어디서 들었는지는 떠오르지 않았다.

“누구세요?”

“저는 12번 역의 관리인입니다. 다과를 조금 준비했는데 드시겠어요?”

단야는 조심스럽게 음료를 한 모금 마셨다. 마치 방금 데워 온 것처럼 따뜻하고 달콤했다. 계피로 맛을 낸 주스였다.

“보시다시피 저희는 물건을 배치하는 데 다양한 옵션을 제공해 드립니다. 왼쪽에는 작은 물건들만 분류되어 있고, 오른쪽에는 큰 물건들만 있으며, 맨 뒤에는 움직이는 물건들이 있습니다. 오른쪽의 텐트를 봐주시겠어요? 저기에는 가구들이 보관되어 있습니다.”

가구? 정말로 사람들이 가구를 질질 끌고 와서 야간열차에 탄다고?

“기념품을 놓아두시기 전에, 먼저 이쪽에서 기념품을 스캔해 주시기를 요청드립니다. 이렇게 저희는 리스트를 정기적으로 업데이트하고 있습니다.”

관리인은 단야를 위아래로 훑어보았다.

"당신은 크기가 큰 물건을 가지고 다니지 않는 것 같으니, 저는 이쪽을 추천합……."

갑자기 관리인이 숨을 가쁘게 몰아쉬었다. 마치 기침을 숨기려고 애쓰는 것 같았다. 그러고는 단야에게 손을 내밀었다.

"기념품은 저에게 주시면 됩니다."

단야는 크리스마스트리 구슬을 내밀었다.

"그거 말고 오르골이요."

관리인은 손을 더 가까이 내밀었다. 친절했던 목소리가 짜증 섞인 목소리로 바뀌었다.

"마침 10번 역에서 그 오르골이 사라졌다는 보고를 받았거든요. 그걸 저에게 주시면 아무 문제 없을 겁니다. 그렇고말고요."

"보고를 받았다고요? 죄송해요. 실수로 가져왔어요."

"괜찮습니다. 오르골만 주시면 제가 알아서 분류하겠습니다."

관리인이 다시 목을 가다듬고 말을 이었다. 하지만 그녀의 목소리는 전혀 밝지 않았다.

"저에게 오르골을 주기 전까지는 선반들 속으로 들어갈 수 없습니다."

단야는 오르골을 관리인에게 건넸다.

"죄송해요."

관리인에게 한 번 더 사과를 했지만, 관리인은 형식적인 미소만 지을 뿐이었다.

"좋습니다, 좋아요. 이제 당신은 할머니의 기념품을 놓아둘 수 있습니다."

단야가 멈칫했다.

"제 할머니가 사라졌다는 걸 어떻게 아셨어요?"

제 13 장

외양간지기 스테판

12번 역의 관리인은 얼굴이 붉게 달아올랐다.

"제가 찾고 있는 사람이 할머니인 걸 어떻게 아셨죠?"

단야는 관리인에게서 눈을 떼지 않은 채 다시 한번 물었다.

"그냥 그럴 것 같았어요. 실종된 할머니를 찾는 사람처럼 보여요."

관리인은 단야의 뒤편을 보더니 그 주변도 살폈다. 그녀의 눈은 마치 통통 튀는 공을 쫓는 것처럼 이리저리 움직였다.

"당신의 진짜 정체가 뭐죠?"

단야가 물었다.

"저는 여기서 일하고 있어요. 말했잖아요. 여기서 일한다고."

그때 갑자기 줄무늬 드레스를 입은 소녀가 단야를 밀쳤다.

"엄마!"

나이가 지긋한 여성이 두 팔을 벌리며 소녀에게 다가왔다.

"내 강아지! 내가 쓰던 오래된 베틀을 기념품으로 써서 나를 찾아주었구나!"

관리인은 몸을 꼿꼿하게 하고는 계산대처럼 생긴 곳으로 단호하게 걸어갔다. 그녀는 오르골을 내려놓지 않은 채, 다른 손으로 손전등 같은 것을 꺼냈다.

"크리스마스트리 구슬을 선반에 놓기 전에 반드시 그 물건을 스캔해야 합니다. 우리는 가장 힘든 작업 환경에서도 질서를 유지하기 위해 노력하고 있습니다."

관리인은 여전히 오르골을 손에 들고, 손전등처럼 생긴 스캐너로 구슬 위를 비췄다. '삑' 하는 소리가 났다.

"죄송하지만, 혹시 열쇠를 갖고 계세요?"

단야의 물음에 관리인은 고개를 저었다.

"열쇠? 그런 건 절대로 없어요. 다음 분!"

흰 콧수염을 기른 남자가 녹슨 나사가 든 통을 내밀자, 관리인은 그 위로 스캐너를 댔다. 그다음은 무거운 옷장을 질질 끌고 온 아가씨와 전통 의상을 가져온 아주머니의 순서였다.

"난 당신에게 할애해 줄 시간이 없어요. 여기는 할 일이 태산이니까요. 크리스마스트리 구슬은 저기 '크리스마스 장식'이라고 적힌 선반에 두세요. 당신의 할머니가 곧 나타나실 겁니다."

관리인이 아직 가지 않고 서 있는 단야에게 말했다. 단야는 선반 사이로 돌아가서 반짝거리는 꾸러미와 루시아 왕관* 옆에 구슬을 놓았다. 단야는 할머니를 기다리는 동안 다른 추적자들에게 열쇠에 대해 물어보았지만, 모두 고개를 저었다.

울프가 일어나서 간이의자의 다리를 접을 때까지도 할머니는 여전히 나타나지 않았다. 단야는 다음 열차를 기다려야 할지 아니면 다른 역으로 가야 할지 몰라 망설였다.

콘라드는 단야 옆에 서서 다른 추적자들이 재회한 사람들에게 작별 인사를 하는 것을 함께 지켜보았다.

"할머니 오셨어?"

"아니. 아빠는 만났어?"

콘라드는 고개를 저었다.

"내 생각에 기념품은 의미가 없는 것 같아. 왜 나는 할머니를 만나지 못한 걸까?"

승강장에는 단야와 콘라드, 두 사람만 남아 있었다.

"같이 가실 건가요?"

울프가 소리쳤다. 단야는 콘라드를 향해 몸을 돌렸다.

"우리 그냥 다음 역으로 가자."

* 스웨덴에서는 매년 12월 13일에 이탈리아 출신의 성인인 'Saint Lucia'를 기념하는 '루시아 축제'가 열린다. 이때 맨 앞에서 행렬을 이끄는 루시아가 쓰는, 촛대로 장식한 왕관을 가리킨다. - 옮긴이 주

"그게 좋겠다. 우리 아빠는 질서정연한 걸 별로 좋아하지 않아서 이 역에 나타날 리가 없어. 여기는 너무 각이 잡혀 있어."

그들은 함께 야간열차에 탑승해 아까 앉았던 자리로 향했다. 단야가 역에서 보았던 사람 중 몇몇은 이미 열차에 타 있었다.

"오르골은 어디에 뒀어? 조금 전까지만 해도 여기 있었는데!"

콘라드가 물었다.

"내가 가져갔어. 울프가 그걸 갖고 있으면 절대 안 된다고 하더라고. 그러면 원래 주인이 사라진대. 그래서 관리인이 보관하고 있어."

"이런……. 관리인이 가져갔다고?"

콘라드는 의자에 앉으며 입술을 깨물었다.

"나도 예쁘다고 생각하긴 했지만, 사실 우리가 진짜로 가질 수는 없으니까."

"그건 그렇지."

"12번 역의 관리인을 만나봤어? 정말 이상해. 내가 할머니를 찾는다는 걸 알고 있더라. 어떻게 그걸 알았을까? 아무리 생각해도 이해가 안 돼. 혹시 내가 정말로 할머니를 찾는 사람처럼 보여?"

"혹시…… 나는 아빠를 찾는 것처럼 보이나?"

단야는 콘라드를 위아래로 훑어보았다. 검은색 정장과 넥타이에 안경까지……. 안색이 조금 안 좋긴 했지만, 아버지가 실종된 것처럼 보이지는 않았다. 나이 든 고모를 찾는 것처럼은 보일 수도 있겠다고 생각했다. 하지만 누군가 단야의 어깨를 쿡쿡 찌르는 바람에 단야의 생각은 거기서 멈췄다.

"쿠키 좀 드실래요? 여기 처음인 것 같은데, 맞죠? 전에는 당신을 본 적이 없어서요. 제 이름은 시몬이에요."

"저는 단야라고 해요. 혹시 은색 열쇠를 갖고 계시나요? 아니면 제 할아버지인 닐스를 아시나요?"

시몬은 웃으며 말했다.

"아니요. 꼭 알아야만 하나요? 12번 역에서 제대로 찾아보았어요? 거기엔 정말 모든 게 다 있잖아요."

그는 커다란 빨간 버튼과 필름을 감는 손잡이가 달린, 오래된 카메라의 검은색 손잡이를 만지고 있었다. 단야는 그 카메라를 단번에 알아보았다. 그것은 크리스마스 파티가 끝나고 부엌에 놓여 있던 카메라였다.

"그 카메라를 기념품으로 남겨둘 건가요?"

"어떻게 알았어요? 이건 제 애인 거예요. 이미 기념품으로 한 번 놔둔 적이 있는데, 찾아가지 않았어요. 그래도 한 번 더 시도하고 싶었어요. 그는 이 카메라를 정말 좋아했거든요. 창구에서 일하는 여자에게 돌려받았죠. 정말 유쾌한 사람이었어요."

단야는 시몬의 말을 듣고 할머니를 떠올렸다. 분명히 할머니가 그 카메라를 시몬에게 주었을 것이다.

“얼마나 오랫동안 이 열차를 타셨나요?”

“3년이요. 이제는 습관이 되어버려서 누구를 찾고 있는지도 거의 잊어버렸죠.”

그는 더 이상 웃지 않았고, 단야의 손을 꼭 잡았다.

“애인이 사라진 뒤로 삶이 너무도 공허해졌어요. 저는 기다리고 또 기다렸지만, 뭘 해야 할지조차 몰랐죠. 그러다 양초를 구하는 데 성공해서 불을 붙였고 이렇게 열차에 탈 수 있었어요. 이 야간열차에서 새로운 사람들을 만났고요.”

“애인을 찾고 싶지 않으세요?”

“당연히 찾고 싶죠. 기념품 덕분에 그를 여러 번 만났어요. 이 여행은 제게 평범하지 않은 삶일지라도 여전히 계속된다는 걸 깨닫게 해줘요.”

“승객 여러분, 13번 역입니다. 13번 역이요!”

울프가 문을 열고 외쳤다.

콘라드는 자리에서 일어나 창밖을 내다보았다. 바깥에서 들어오는 빛 때문에 어쩐지 그가 희미해 보였다.

“전에 여기 와본 적이 있어. 여기엔 동물이 정말 많아. 지난번 이 역에 왔을 때, 기념품으로 아빠가 키우던 대벌레를 남겨두었지. 거의 다 와 가네. 소랑 닭들도 보이고 또……”

콘라드가 자리에 털썩 주저앉으며 말했다.

“나는 내리지 않는 게 좋겠어.”

열차가 거의 멈췄다.

“왜? 난 13번 역에 와본 적은 없지만, 할머니가 암소 로사와 함께 찍은 사진을 놓아두면 좋을 것 같은데. 이 역에 동물들이 있으니 잘 어울리겠지. 같이 가지 않을래?”

“아니. 난 이미 다 봤어.”

콘라드가 말했다.

“아빠가 여기 있을 수도 있잖아?”

콘라드는 검은 머리카락이 흐트러질 만큼 고개를 세게 저었다.

“그럴 리 없어. 대벌레는 여기 남아 있지 않을 거야. 절대로.”

콘라드에게 무슨 문제라도 생긴 걸까? 그는 의자에 더 깊숙이 몸을 파묻었다. 방금까지만 해도 야간열차가 세상에서 최고인 것처럼 들떠 있었는데, 이제는 화가 난 것처럼 보였다. 단야와 눈을 마주치는 것조차 피했다.

“그럼 이따 봐.”

단야는 열차가 멈추자마자, 문을 열고 승강장에 내렸다. 만약 콘라드와 사이가 멀어지게 된다면 모두 그의 탓이다. 그들이 탔던 칸에서 내리는 사람은 단야뿐이라 역에 혼자 남은 줄 알았는데, 이미 승강장에 한 여자가 서 있었다. 여자는 단야를 향해 몇 걸음 걸어왔다.

구불거리는 곱슬머리의 그녀는 어딘가 낮이 익었다. 단야가 그녀에게 인사를 하려던 찰나, 울프가 맨 앞칸의 문을 열었다. 승강장은 금세 추적자들로 가득 찼다.

몇몇 사람들은 작은 동물을 우리에 넣어 다니거나 큰 동물을 끈으로 매어 잡고 있었다. 작은 미니돼지 한 마리가 도망치더니 울프의 다리 사이로 뛰어들었다.

울프는 그 자리에서 한 바퀴 빙빙 돌다가 차장 모자를 떨어뜨릴 뻔했다. 승강장에 있던 모든 사람이 웃음을 터뜨렸고, 울프 역시 웃지 않을 수 없었다. 그는 단야 옆을 빠르게 지나가면서 이렇게 속삭였다.

"13번 역에는 가장 이상한 기념품들이 있지 않나요?"

13번 역의 공기는 뭔가 매캐했다. 이곳에서 나는 냄새는 10번 역에서 맡았던 쿠키 냄새도 아니었고, 밖에서 맡았던 냄새와도 달랐다. 이 냄새는······.

단야가 코를 찡그렸다. 단야는 평소에 소한테서 나는 냄새, 특히나 소의 분비물 냄새를 싫어했는데, 13번 역에서 바로 그런 냄새가 났다.

단야는 역사의 뒤편에서 냄새의 원인을 알게 되었다. 이 역에는 소뿐만 아니라 말과 양, 염소도 있었다. 작은 우리에서는 토끼들이 뛰어다녔고, 눈에 보이는 개집만 대충 세어봐도 일곱 개가 넘었다.

그때 고양이 한 마리가 단야의 다리에 몸을 비볐다. 단야가 고개를 숙여 고양이의 귀 뒤를 긁어주자 곧 그르렁거리기 시작했다.

"아하, 누가 긁어주는 걸 좋아하는구나."

단야가 중얼거리며 고양이의 부드러운 털을 쓰다듬었다. 그러면서 기념품을 놓을 곳을 찾기 위해 두리번거렸다. 여기라면 할머니와 암소 로사의 사진이 딱 좋을 것 같았다.

"고양이가 당신의 기념품인가요?"

체크무늬 티셔츠를 입고 어깨에 갈퀴를 얹은 남자가 단야를 향해 뚜벅뚜벅 걸어왔다.

"동물은 없고요. 은으로 된 열쇠를 찾고 있어요. 혹시 갖고 계시나요?"

"열쇠요? 아뇨, 그런 건 잘 모르겠어요. 저는 스테판이에요. 열쇠가 있었다면 이 역의 외양간지기인 제가 몰랐을 리 없죠."

그는 건초용 갈퀴를 든 손으로 어딘가를 가리켰다.

"초식동물은 이쪽, 육식동물은 저쪽. 늑대 우리 쪽은 조심하세요. 거기 있는 야수는 손가락을 막대기처럼 물어버릴 수도 있으니까요."

"늑대요?"

어떻게 늑대를 기념품으로 남겨둔 걸까? 사냥꾼이나 사육사였을까?

단야는 '곰'이라고 적힌 표지판을 보고 몸서리쳤다. 도저히 야간열차에 곰을 데려온 추적자 옆에는 앉고 싶지 않았다. 단야는 울프가 할머니의 서랍장에 대해 했던 말을 떠올렸다. 서랍 안의 물건들은 실종된 사람들이 찾아가지 않아서 남아 있는 거라고. 그러면 동물들은 어떻게 되는 걸까? 단야는 할머니의 방에서 늑대나 곰을 본 적은 없었다.

"주인이 찾아가지 않은 동물들은 어떻게 되나요?"

"그 동물들은 여기에 남습니다. 해마다 동물이 점점 더 늘고 있어요."

"저런⋯⋯."

"이거저거 생각하고 따지는 건 제 일이 아니에요. 저는 그저 동물들이 싼 똥이나 치우면 돼요."

스테판은 모자를 고쳐 쓰고는 높은 울타리로 둘러싸인 숲을 향해 걸어갔다. 야간열차에서 내린 승객들은 목초지와 우리 사이를 오갔다. 마치 동물원에라도 온 것 같았다. 하지만 동물원과 달리 누군가는 토끼를 우리에 넣고 있었고, 다른 누군가는 개를 목줄에 매어 놓았다. 단야가 물어본 사람들 중 누구도 열쇠를 알지 못했고, 할아버지의 조력자도 없었다.

오리 연못 앞에는 키가 큰 소년이 텅 빈 새장을 들고 서 있었다. 12번 역에서 만난, 슬퍼 보이던 소년이었다. 더러운 청바지를 입은 그는, 입술에 난 상처를 만지작거리고 있었다.

단야는 고양이를 어깨에 얹고 미로 같은 목초지를 통과했다. 연못의 오리와 큰 뿔이 달린 순록을 지나, 낙타 한 마리만 있는 우리, 텅 비어 있는 우리도 지나갔다. 표지판에는 '스라소니'라고 적혀 있었다,

"안녕, 나를 좀 도와줄래?"

단야의 뒤에서 목소리가 들렸다. 급히 돌아선 그녀 앞에는 안경을 쓰고 사방으로 뻗친 검은 머리를 가진 남자가 서 있었다. 심지어 그는 콘라드와 똑같이 생겼다.

제 14 장

설계도

단야 앞에 서 있는 남자는 콘라드와 닮았지만, 정장 대신에 파란색 작업복을 입고 있었다. 단야가 그를 바라보는 동안 그는 이리저리 서성였다.

"내가 좀 급해서. 여기서 아들을 만날 수 있을 거라고 생각했거든. 내 아들도 너와 나이가 비슷해. 기념품으로 대벌레를 남겨두었는데, 혹시 나를 닮은 소년이 야간열차에서 내리는 걸 본 적 없니?

대벌레! 그것은 콘라드가 아빠에게 남긴 기념품이었다.

"아저씨가 찾고 있는 소년이…… 검은 머리에 정장을 입고 있나요?"

단야가 말했다.

“맞아! 내 아들을 알고 있어? 나는 투레야.”

“제 이름은 단야예요.”

단야는 이렇게 말하며 투레의 손을 잡았다.

“콘라드는 이 역에서 내리지 않았어요. 그런데 매일 밤 아저씨를 찾고 있어요. 아저씨가 슬퍼하지 않았으면 좋겠대요.”

그는 안경을 이마 위로 올리고 놀란 눈으로 단야를 바라보았다.

“콘라드는 내가 슬퍼서 사라졌다고 생각하니?”

“그렇지 않으면 왜 사라졌겠어요? 콘라드는 아저씨를 정말 그리워하고 있어요!”

투레가 한숨을 쉬었다.

“식물원에서 대벌레를 발견했을 때 뭔가 잘못되었음을 알았지. 나는 그걸 콘라드가 놓고 갔을 거라고 짐작했어.”

그는 안경을 다시 썼다.

“난 전혀 슬프지 않단다. 일 때문에 여기에 온 거야. 하지만 한 역에서 머무를 수가 없어. 계속해서 시간에 끌려다니지.”

“그런데…… 콘라드는 왜 아저씨가 슬퍼한다고 생각했을까요?”

“아, 가끔은 좀 슬프기도 했지. 어떨 땐 일 때문에 걱정도 많았지만, 스스로 사라질 정도는 아니었어.”

투레는 어깨를 축 늘어뜨렸다.

"정말 어리석었네. 당연히 콘라드에게 내가 일을 해야만 한다고 설명했어야 했는데. 너무 의욕이 앞서서 그걸 잊어버렸지 뭐야. 몇 년 동안은 집에서 일을 했지만, 최근 들어 22번 역에서 직접 일해야 했거든. 이제는 대부분 닐스가 늘 생각했던 대로 되어 가고……."

"잠깐만요! 우리 할아버지를 아세요?"

단야가 그의 말을 끊었다. 투레는 단야와 똑같이 놀란 표정을 지었다.

"할아버지? 네가 닐스의 손녀야?"

오랫동안 서로를 바라보다가, 투레가 웃음을 터뜨리기 시작했다. 그의 웃음소리는 시끄럽고 떠들썩했는데, 키가 크고 마른 그의 몸과 전혀 어울리지 않았다.

"닐스와 똑 닮았네! 네 할아버지의 설명을 들으며 셀 수 없이 많은 밤을 새웠는데, 모를 리가 없지. 닐스는 독보적인 일을 해냈어. 너도 야간열차를 타고 있으니 그걸 알고 있겠지."

"그럼 아저씨가 제 할아버지의 조력자인가요? 크로노미터도 그걸 알고 있나요?"

투레는 고개를 저었다.

"닐스가 모든 작업을 완전히 끝내기 전까진 아무에게도 말하지 말라고 했어. 믿을 수 있는 사람이 누구인지 알 수 없다고 늘 강조했거든. 게다가 생각보다 훨씬 오래 걸렸지. 하지만 이제 보여줄게."

그는 작업복 뒷주머니에서 커다란 종이 두루마리를 꺼냈다.

"이건 야간열차의 기계 장치 설계도야. 닐스가 열차 자체는 완성했지만, 나머지 부분에 대한 그의 생각을 이해하는 데 오랜 시간이 걸렸어. 이제 네 할아버지가 얼마나 똑똑했는지 들려줄게."

투레는 손가락 하나를 폈다.

"첫째, 총 스물네 개의 역이 있고, 그중에서 스물한 개의 역만 승객들에게 개방되었지. 22번 역에는 야간열차의 기계 장치가 있단다. 그 뒤로는 열차가 진입할 수 없는 선로를 따라 두 개의 역이 더 있어. 모든 게 의도한 대로 작동하려면 열차가 그 역들에 도달할 수 있어야 해. 나는 기계 장치가 제대로 작동하는 걸 확인했고, 이제 모든 게 정상적으로 돌아갈 거야. 내 예상이 맞다면 말이지."

그는 다음 손가락을 펴면서 설명을 이어갔다.

"둘째, 실종자들도 야간열차를 타고 그들이 원하는 대로 돌아올 수 있어야 해. 만약 내가 이 문제를 해결하지 못한다면, 모든 실종자의 생명이 위태로워질 거야. 지금은 실종자들이 야간열차가 다니는 스물두 개의 역 사이에서만 끌려다니고 있거든. 하지만 너무 서두르다간, 그들이 어디로든 사라져 버릴 위험이 있지."

투레는 손가락을 하나 더 폈다.

"셋째, 나는 닐스가 나에게 준 모든 열쇠 중에서 어떤 게 맞는 건지, 용도가 무엇인지 반드시 알아내야 해."

"열쇠요? 아저씨가 갖고 계세요?"

단야가 끼어들었다.

"나는 열쇠가 아주 많아. 열쇠를 수집하거든."

투레는 작업복 주머니를 뒤져 커다란 열쇠 꾸러미를 꺼냈다. 단야는 할머니에게 들었던 말을 떠올렸다.

"은으로 된 열쇠여야 해요. 그런 게 있나요?"

투레는 열쇠들을 뒤적이다가 하나를 끄집어냈다.

"이건가?"

그 열쇠는 크지도 작지도 않았다. 맨 위에는 고리가 달려 있었고, 은빛으로 반짝였다.

"두 번. 열쇠를 두 번 돌려야 해요. 할머니가 그렇게 말씀하셨어요."

"두 번? 너희 할머니가 그러셨다고?"

사뭇 진지하던 투레가 웃음을 터뜨렸다. 콘라드가 자신의 아빠는 무언가를 잘 작동하게 만들었을 때 가장 행복해한다고 말한 적이 있다. 투레는 다시 안경을 벗어 주머니에 넣고 설계도를 승강장에 펼쳤다.

설계도는 너무 커서 바람에 날아가지 않도록 모서리에 돌을

그는 허공에 원을 점점 크게 그리더니, 나중에는 팔을 활짝 벌려야 할 만큼 원이 커졌다. 팔을 더 뻗을 수 없자 그제야 그만두었다.

“그러면 열쇠를 어디에 꽂아서 돌려야 하는지가 문제지. 궁금하지 않아?”

팔을 내린 투레가 계속 말을 이어가는 바람에 단야는 그의 질문에 대답할 틈이 없었다.

“마지막으로 닐스를 만났을 때, 내게 선물을 줬어. 그때는 그냥 평범한 선물인 줄 알았지. 닐스는 평소에도 내가 좋아할 만한 기계 장치들을 자주 줬거든. 그런데 이제 알겠어. 그 선물이 야간열차의 기계 장치를 완성하기 위해 꼭 필요한 물건이었다는 걸! 22번 역을 수리할 때, 톱니바퀴 사이에 숨겨진 수신기를 발견했거든. 장담하건대, 닐스에게 받은 그 물건에 송신기가 달려 있을 거야.”

단야는 투레가 무슨 말을 하는지 전혀 이해할 수 없었다. 하지만 그는 너무 기뻐 보였고, 반짝반짝 빛나는 것 같았다. 투레는 다시 승강장에서 새로운 춤 동작을 췄다.

“아저씨, 정말 괜찮으신 거예요?”

“괜찮냐고? 아주 완벽해! 이거야말로 닐스가 처음부터 구상했던 방식이지. 그의 발명품은 이런 보물 같은 아이디어로 가득 차 있어. 압력을 높이려면 실린더가 자극을 받아야 하는데,

그 실린더들은 멜로디를 기억하는 장치와 연결되어 있어. 그리고 선로의 방향을 바꾸려면 장치 안에서 한 번 더 회전이 일어나야 하지. 음악이 가장 중요해! 내 말을 이해했니?"

단야는 고개를 저었다. 투레는 도대체 무슨 말을 하는 걸까? 그는 잠시 숨을 돌리고는 천천히 말하려 애썼다.

"네가 말한 대로 열쇠를 두 번 돌리면, 야간열차가 다른 선로로 진입할 수 있어. 그리고 멜로디, 그러니까 송신기에서 수신기로 보내는 신호가 사라진 모든 사람을 불러낼 거야. 한 번은 이미 야간열차가 지금 운행하고 있는 선로를 위해 돌렸고, 나머지 선로로 진입하기 위해서는 한 번 더 돌려야 하지. 이제 필요한 건 닐스에게 받은 오래된 오르골뿐이야. 그러면 모든 게 해결될 거야."

투레는 단야의 손을 잡고 몇 바퀴를 빙빙 돌았다. 하지만 단야는 움직일 수 없었다.

"오르골이요?"

"그래! 안에 파란색 구슬이 들어 있는 큰 오르골! 내가 그걸 콘라드에게 생일 선물로 줬거든. 콘라드도 그 오르골이 어디에 쓰일지 알게 되면, 기꺼이 돌려주겠지. 열쇠는 분명히 그 오르골에 맞을 거야!"

단야는 혼란스러웠다. 그녀가 10번 역에서 우연히 가져온 것은 단순한 기념품이 아닌 콘라드의 오르골이었다. 콘라드는 전에 10번 역에 가본 적이 있다고 말했는데, 그렇다면 콘라드가 자신의 오르골을 두고온 걸까?

그렇다면 단야가 그 오르골을 가져갔을 때나 12번 역의 관리인에게 맡겼을 때 왜 자기 거라고 말하지 않았을까?

"콘라드는 더 이상 오르골을 가지고 있지 않아요. 관리인이 가지고 있어요. 제가 관리인에게 줬거든요."

"오르골을 줬다고?"

"그럴 의도는 아니었어요. 그게 콘라드 건 줄 몰랐다고요!"

두 사람은 한동안 아무 말도 하지 않았다. 외양간에서 들려오는 암소의 울음소리와 개 짖는 소리만 허공에 울려 퍼졌다.

"12번 역으로 돌아가야만 해요! 제가 그걸 꼭 찾아올게요."

긴 정적 끝에 마침내 단야가 입을 열었다.

"여기."

투레가 열쇠를 건네며 말했다.

"오르골을 찾아서 열쇠를 꽂고 두 번 돌리렴. 그러면 모든 게 시작될 거야. 야간열차는 올바른 선로로 이동하고, 사라진 사람들도 모두 돌아올 수 있게 되겠지. 이건 너만 알고 있어야 해……."

그 말이 끝나기도 전에, 투레는 바람에 휩쓸린 것처럼 사라졌다. 시간이 그를 끌어당긴 것이다.

제 15 장

롤러코스터

단야는 야간열차가 도착하기를 기다리는 동안 가만히 있을
수가 없었다. 그녀는 빨리 오르골을 찾아야 했다. 그리고 콘라
드도. 그의 아버지 투레가 할아버지의 조력자였다니! 믿어지지
않았다.

다른 승객들이 하나둘씩 승강장에 모였다. 텅 빈 새장을 든,
키가 큰 소년이 바닥에 앉았다.

"실례합니다. 좀 어떠세요?"

"좋아요. 정말 좋아요."

외양간지기 스테판이 지나가면서 묻자, 소년이 대답했다.

"기념품이 효과가 없었나요?"

소년은 고개를 끄덕였다.

"저는 엄마를 찾고 있어요. 새집에 엄마가 가장 좋아하시던 검은지빠귀 한 마리를 놓고 왔어요."

단야는 소년의 말을 거의 듣지 못했다. 단야의 머릿속에는 콘라드와 오르골을 찾아야 한다는 생각만 가득했다. 그러던 중 야간열차가 우르르 소리를 내며 승강장에 들어섰다. 새장을 든 소년을 시야에서 놓쳐버렸다.

단야는 곧바로 울프를 찾아서 말했다.

"저 12번 역으로 반드시 돌아가야 해요. 제가 콘라드의 아빠를 만났는데, 그분이 열쇠를 가지고 있었어요!"

"뭐라고요? 콘라드의 아버지요?"

"그분이 저희 할아버지의 조력자였어요! 기계 장치를 거의 완성했는데, 오르골이 꼭 필요하다고 했어요! 그분은 뭘 해야 하는지 정확하게 알고 있었고, 할아버지만큼이나 노련하세요!"

울프는 단야가 말하는 동안 수첩을 꺼내 들고 빠르게 적었다. 단야는 심호흡을 몇 번 했다. 토마토. 오늘 야간열차에서는 햇빛을 받아 따뜻해진 토마토 냄새가 났다.

"이 건은 즉시 크로노미터에 보고해야 합니다. 장담하건대 그들이 정말 기뻐할 거예요."

"그럼 12번 역은요? 빨리 돌아가야 하는데요."

"죄송하지만, 돌아가는 건 불가능합니다. 대신 콘라드가 내렸던 15번 역에 다 와 갑니다. 그가 당신을 통해 아버지의 소식을 듣는다면 정말 좋아할 거예요. 먼저 콘라드를 찾고 나서 다음 열차를 타세요. 야간열차가 완성되는 순간을 콘라드가 놓친다면, 그는 분명 크게 화를 낼 거예요."

단야는 한숨을 쉬었다. 울프의 말이 옳았지만, 열차가 너무 느려서 차라리 15번 역까지 뛰어가는 게 나을 것 같았다. 열차는 높은 책장과 푹신한 안락의자가 희미하게 보이는 역을 지나더니, 곧 삐걱거리는 소리와 함께 멈췄다. 울프가 문을 열기도 전에 시끄러운 비명 소리가 들렸다.

"여기는 모두에게 가장 인기 있는 역입니다. 이따 봐요!"

단야가 열차에서 내리자마자 토마토 냄새가 팝콘 냄새로 바뀌었다. 단야에게 쿠키를 권했던 시몬도 같이 내렸다. 엄마를 찾고 있는 소년은 밀짚모자를 꺼내 공원 벤치에 조심스럽게 올려놓았다.

대형 놀이공원이 역사 전체를 둘러싸고 있었다. 역사의 지붕에서부터 롤러코스터가 트랙을 한 바퀴 돌아 넘어갔다가 다시 돌아왔다. 계단 옆에는 회전 그네가 있었다. 역사는 아예 '미로의 집'으로 바뀌어 있었다.

매년 여름이면 단야는 엄마 아빠와 함께 놀이공원에 가고는 했다. 단야는 여러 놀이기구 중에서도 미로의 집을 가장 좋아했다. 하지만 지금은 콘라드를 꼭 찾아야 했기 때문에 시간이 없었다.

단야는 배낭을 내려놓고 바닥까지 뒤져 은박지에 싸인 초콜릿 조각을 꺼냈다. 할아버지의 조력자가 누구인지, 열쇠에 맞는 물건이 오르골이란 사실을 스스로 알아냈다는 걸 빨리 할머니에게 전하고 싶었다. 무엇보다 단야는 할머니가 너무 그리웠다. 마치 마음속에 할머니 모양의 커다란 구멍이 생긴 것 같았다.

단야는 손에 든 초콜릿 조각을 꼭 쥐었다. 할머니는 이런 종류의 초콜릿을 수천 번도 넘게 주면서 매번 은박지로 작은 배를 만들어주었다. 단야도 배를 접는 법을 배웠다. 학교에서 지루할 때면 수학 노트를 찢어 배를 접으며 할머니를 떠올리고는 했다. 그때는 어쨌든 할머니가 어디에 있는지 알고 있으니까 괜찮았다. 하지만 지금처럼 언제 다시 만날지 모르는 사람을 그리워하는 것은 훨씬 더 힘든 일이었다.

단야는 회전목마와 회전 그네, 범퍼카, 트램펄린 사이를 들여다보며 콘라드를 찾아 헤맸다. 롤러코스터로 올라가는 계단에서 콘라드의 검은 정장이 눈에 띄었다. 그의 옷은 이상하게도 회색으로 보였다. 마치 먼지가 쌓인 것처럼 말이다. 단야는 콘라드를 따라잡았고, 롤러코스터가 출발하기 직전에 콘라드 옆에 넘어지듯 앉았다.

"나 너희 아빠를 만났어."

단야가 빠르게 말하고는 호흡을 가다듬었다.

콘라드가 단야를 바라보았다.

"아빠? 우리 아빠를 만났다고?"

롤러코스터가 천천히 위로 올라갔다. 덜컹거리는 소리와 함께 땅에 있는 사람들이 점점 작아졌다.

"13번 역에 계셨어. 동물들이 많았던 그 역."

"뭐? 안 돼! 내가 왜 아빠를 놓쳤지? 대벌레가 기념품으로 쓰였어?"

롤러코스터가 정상에 도달하기 직전이라, 콘라드는 더 이상 말을 이어갈 수가 없었다. 그들은 짧은 순간 동안 침묵했다. 단야는 숲과 호수, 그리고 저 멀리 사막이 딸린 역을 내려다보았다. 곧 롤러코스터는 아래로 가파르게 내달렸다.

콘라드가 단야의 귀에 대고 비명을 질렀다. 바람 때문에 머리가 헝클어지고, 속이 울렁거렸다. 롤러코스터는 크게 한 바퀴 돌더니 다시 위로 올라가기 시작했다.

"아빠가 나를 그리워한다고 했어? 사라진 걸 후회해?"

롤러코스터는 올라가고 또 올라갔다. 이번에는 가파르다 못해 등을 대고 누우면 하늘의 구름을 볼 수 있을 정도였다.

"응! 그리고 전혀 슬퍼하지 않으셨어. 너희 아빠는 우리 할아버지가 완성하지 못한 기계 장치를 마무리하고 계셔!"

"뭐라고? 아빠가?"

콘라드는 롤러코스터가 다시 급강하하자 큰 소리로 비명을 질렀다. 어쩐지 무서워서 내는 소리가 아닌 기쁨에 찬 환호성처럼 들렸다.

단야는 콘라드의 아빠를 만났을 때 있었던 일들을 모두 말하고 싶었지만, 그전에 먼저 확실히 알아야 할 게 있었다. 롤러코스터가 다시 위로 올라갈 때, 단야가 콘라드에게 물었다.

"근데 오르골이 네 거였어? 어떻게 그게 10번 역에 가게 되었는지 알아?"

콘라드는 손이 하얗게 될 정도로 롤러코스터의 손잡이를 세게 잡았다. 그는 천천히 고개를 끄덕였다.

"응. 내 거 맞아. 사라진 사람들의 물건을 가져가야 한다는 걸 모르고 내 걸 가져갔어. 아빠 물건들 사이에서 찾은 안내 책자가 찢어져 있었거든. 그래서 나는 양초를 켜고 기념품을 가져가야 하는 것만 알고 있었지. 마침 아빠는 양초 몇 개를 갖고 있었고, 그게 다인 줄 알았어."

롤러코스터가 점점 더 높이 올라갔다. 이번이 가장 높은 언덕이었다.

"그런데 네가 오르골을 가져왔을 때, 내가 실수한 거라고 말하고 싶지 않았어. 난 기술 쪽에는 꽤 재주가 있지만, 우리 엄마는 나보고 다른 건 다 젬병이라고 했거든."

이번에는 롤러코스터가 정상에서 멈추지 않고 아래로 빠르게 내달렸다. 마치 스카이다이빙을 하는 것 같았다. 단야도 비

명을 질렀고, 콘라드는 거의 울부짖었다. 그리고 네 번째 언덕으로 올라가기 시작했다.

"우리는 반드시 오르골을 찾아야 해, 콘라드! 야간열차의 기계 장치를 완성하려면 그게 필요해."

"오르골이? 내 오르골로 야간열차를 고칠 수 있다고? 아빠가 그렇게 말했어?"

롤러코스터가 삼백육십 도를 도는 바람에 단야와 콘라드는 잠깐 거꾸로 매달려 있었다. 콘라드의 비명이 단야의 귀를 때렸다.

"우리 아빠가 야간열차를 고쳤다니!"

마침내 롤러코스터가 마지막 트랙으로 빠르게 내려가 멈췄을 때, 콘라드는 다시 한번 같은 말을 외쳤다. 롤러코스터의 운행이 끝나고, 그들은 비틀거리며 승강장으로 내려섰다.

"너희 아빠가 우리가 찾고 있던 열쇠를 주셨어. 이 열쇠를 관리인이 보관하고 있는 오르골에 꽂아야 해."

단야는 배낭을 뒤져서 열쇠를 꺼냈다. 콘라드는 그 작은 은색 열쇠를 바라보았다. 열쇠가 등불 밑에서 반짝이자 웃음을 터뜨렸다. 그의 웃음은 아버지의 웃음과 많이 닮아 있었다.

"그럼 우리는 12번 역에서 오르골을 다시 가져오면 돼. 아주 간단하지?"

야간열차가 멈추자, 콘라드는 단야에게 얼굴을 찡긋하고는 열차 위로 뛰어올랐다. 그들은 서로 맞은편에 앉아 창밖을 내다보았다. 단야는 '저 위에 우리가 있었지.'라고 생각했다. 속이 여전히 울렁거렸다.

"지금쯤 열차가 출발해야 할 텐데. 울프는 뭘 하는 거지? 왜 호루라기를 불지 않는 거야? 열차가 또 고장 난 건가?"

콘라드가 두리번거렸다. 다른 승객들 사이에서도 웅성거리는 소리가 들렸다. 그들도 콘라드처럼 열차가 왜 출발하지 않는지 궁금해했지만, 울프의 목소리가 들리자 모두 조용해졌다.

"여러분, 이 열차의 차장, 울프입니다. 모두 아시겠지만요."

그는 승강장에 서서, 가늘고 긴 확성기에 대고 말했다.

"열차를 즉시 출발시켜야 하지만, 그 전에 작은 문제를 해결해야 합니다. 여기 사라진 실종자를 찾고 있는 어머니가 계십니다. 이분의 이름은 마리나입니다."

단야는 더 자세히 보기 위해 자리에서 일어섰다. 울프 옆에는 단야가 13번 역에서 마주쳤던 곱슬머리 여자가 서 있었다.

콘라드도 고개를 내밀어 밖을 내다보다가, 그 여자를 보자마자 재빨리 뒤로 물러섰다.

"아, 안 돼."

콘라드가 신음하듯 말했다.

"저 여자가 누군지 알아?"

"우리 엄마야."

제 16 장

사라진 추적자

콘라드는 단야를 뒤로 끌어당겨 창문에서 멀리 떨어뜨렸다.

"엄마가 나를 보지 않았으면 좋겠어. 혹시 봤을까?"

그가 단야를 바닥으로 잡아끌려고 했지만, 단야는 몸을 빼내 창밖을 내다보았다. 콘라드가 그녀의 정체를 말한 순간, 단야는 여자가 누구인지 바로 알아보았다. 크리스마스 파티 때 왔던 엄마의 새로운 친구였다.

"왜 엄마한테 가지 않는 거야?"

콘라드가 발로 벽을 살짝 찼다. 원래 검은색이었던 구두는 먼지가 쌓인 것처럼 회색으로 보였다. 단야는 이상하다고 생각했다. 그의 정장도 전보다 빛이 바랜 것처럼 보였다.

"엄마는 야간열차의 존재를 믿지 않아."

콘라드의 말에 단야가 생각을 멈추었다.

"그렇구나. 그래도 지금은 믿잖아. 여기에 와 계시다니!"

울프가 확성기에 대고 역 전체에 울리도록 다시 말했다.

"마리나가 아들을 찾고 있습니다. 콘라드, 혹시 열차에 타고 있나요?"

단야는 콘라드를 바닥에서 일으켜 다시 자신의 맞은편에 앉게 했다.

"동물들이 있던 역의 승강장에서 엄마를 봤구나? 그래서 내리고 싶지 않았던 거야?"

콘라드는 고개를 끄덕였다.

"너희 집에서 파티가 끝난 뒤에, 내가 오르골을 가져가는 걸 엄마가 봤거든. 나에게 설명하라고 강요했지. 엄마는 여전히 야간열차의 존재를 믿지 않아. 나 혼자 아빠를 찾으러 나서는 것도 허락하지 않고. 엄마는 내가 아직 어리대. 뭐, 엄마의 자업자득이라고 생각해. 결국 지금은 아빠와 나 둘 다 사라졌으니까."

서류 가방의 손잡이가 덜렁거렸고, 콘라드는 그것을 빙빙 돌렸다.

"잠깐만. 그럼 집에서 도망친 거야? 집에 아예 안 들어갔어?"

"과자와 케이크가 잔뜩 있었던 10번 역 이후로 집에 가지 않았지. 도착하는 모든 역에서 숨어 지냈어."

"엄마가 엄청 걱정하실 텐데."

"자업자득이야. 나는 야간열차를 타기에 전혀 어리지 않아."

콘라드는 자신의 서류 가방을 발로 툭툭 찼다. 그리고 고개를 끄덕이며 중얼거렸다.

"엄마는 내가 집에 오지 않는다는 걸 알리기 위해 아빠를 찾아 나섰겠지. 자녀를 위해 무언가를 결정하기 전에 항상 서로의 의견을 묻는다나 어쩐다나."

"네 엄마는 지금 막 너를 찾기 시작했을 거야. 그렇지 않았다면 너는 야간열차에 탈 수 없었겠지."

단야는 집에 있던 모두가 할머니를 얼마나 걱정했는지를 떠올렸다. 창밖만 바라보던 엄마, 모든 것을 수습하기 위한 리스트를 적으려고 노력했지만, 그조차 효과가 없어서 슬퍼 보이던 아빠.

때때로 콘라드는 어린애 같았다. 그냥 그렇게 사라져서는 안 되는 일이었다. 그의 엄마가 그를 찾는 것은 당연했다.

단야가 벌떡 일어나 손을 흔들며 소리쳤다.

"여기요! 콘라드 여기 있어요!"

울프와 마리나는 객차 안을 훑어보며 콘라드를 찾았다.

"이리 와."

단야는 콘라드의 손을 잡고 문 쪽으로 걸어갔다. 콘라드는 단야를 안으로 들어오게 하려고 했지만, 단야는 그를 승강장으로 끌고 나왔다.

"절대, 절대 안 돼. 엄마는 나에게 집에만 있으라고 한다니까."

콘라드가 속삭였다. 단야는 콘라드의 말은 무시한 채 그의 손을 꽉 잡고 앞으로 갔다. 마리나가 먼저 그들을 발견했다. 그녀는 앞으로 달려 나와 콘라드를 끌어안았다.

"사랑하는 우리 아들, 그렇게 사라지면 어떡하니?"

처음에 콘라드는 팔을 몸에 딱 붙이고 움직이지 않은 채 가만히 서 있기만 했다. 마리나는 콘라드의 몸을 이리저리 돌려보고 머리를 쓰다듬더니, 안경이 삐뚤어질 때까지 꼭 껴안아 주었다.

"그동안 내가 얼마나 걱정했는지 알아? 엄마가 화내서 미안해. 화내는 게 아니라 같이 왔어야 했는데. 엄마가 우리 아들을 믿어줬어야 했는데."

이번에는 콘라드도 천천히 손을 들어 엄마를 안았다. 울프는 체크무늬 손수건을 꺼내 코를 풀었다. 승강장에 그 소리가 울려 퍼졌다. 한참 지나고 나서야 마리나는 콘라드를 놓아주며 그를 향해 미소를 지었다.

"우리는 반드시 콘라드의 오르골을 되찾아야 해요."

단야가 말했다.

"실종자들의 기념품을 가져와야 한다는 걸 몰랐어요. 저는 제 물건을 두고 오는 줄 알았거든요."

콘라드의 말에 울프가 한숨을 쉬었다.

"그래서, 우리와 함께 여행을 시작할 때는 철저히 검토해 보는 게 좋답니다."

"제가 콘라드의 기념품을 12번 역의 관리인에게 맡겼어요."

"어떤 관리인이요?"

단야의 말을 듣고 울프가 물었다.

"따뜻한 주스를 줬던 여자요. 그 여자가 모든 물건을 다 스캔했어요."

"스캔을 했다고요? 따뜻한 주스를 주고?"

울프는 모자를 벗고 머리를 긁적였다.

"처음부터 다 말해 줄래요? 이해가 잘 안 가네요."

단야는 12번 역의 관리인과 모든 물건을 스캔하던 손전등처럼 생긴 기계에 대해 설명했다.

"하지만…… 어떤 역에서도 관리인 같은 사람은 보지 못했는데요. 왜 거기에 관리인이 있어야 하죠?"

"13번 역의 아저씨는요? 동물을 돌보던 분이요."

"아, 스테판 말이죠. 크로노미터에는 동물들을 돌보는 외양간지기가 있어야만 해요."

"관리인은 자기 방식대로 모든 물건을 반드시 스캔해야 질서를 유지할 수 있다고 했어요. 오르골을 가져가서 분류할 거라고 하던데요."

울프는 확성기를 다시 집어 들고 다른 승객들을 향해 외쳤다.

"12번 역의 관리인을 아는 사람이 있나요? 따뜻한 주스를 주고, 모든 물건을 스캔하는 사람 말이에요."

"물론이죠. 그녀는 항상 거기 있어요. 모든 걸 잘 정리하죠."

시몬의 말에 울프는 고개를 저으며 수첩을 꺼냈다.

"이건 꼭 보고를 해야 해요. 꼭……."

단야가 울프의 말을 가로막았다.

"잠깐만요! 멈춰요!"

그녀는 콘라드를 바라보았다. 마리나와 포옹하고 나서 그의 머리카락은 더 헝클어졌는데, 더 이상 검은색이 아니라 거의 단야만큼 밝게 변했다.

단야가 다시 한 번 멈추라고 말했다. 그리고 6번 역에서 할머니를 만났을 때, 할머니가 했던 말을 떠올리고는 울프에게 물었다.

"마리나가 콘라드를 찾고 있었다면, 콘라드는 실종자가 된 건가요?"

"맞아요. 누군가가 여기서 콘라드를 찾기 시작한 순간부터 그는 사라진 사람이 된 거죠."

"이제는 콘라드를 다시 찾았으니, 그럼 모든 게 정리된 거죠? 그렇죠?"

단야가 물었지만, 울프의 표정은 좋지 않아 보였다.

"크로노미터가 야간열차의 모든 작동 방식을 알면 좋겠지만, 유감스럽게도 이 부분은 불확실합니다."

"그럼 관리인이 가지고 있는 콘라드의 기념품은요?"

단야가 물었다. 울프는 표지에 크로노미터의 로고가 있는 너덜너덜한 책 한 권을 꺼내 큰 소리로 읽었다.

"만약 기념품이 추적자와 원래 소유자였던 실종자가 아닌 다른 사람의 손에 들어가거나, 역 밖으로 옮겨지면 그 실종자는 사라집니다. 완전히 사라지기까지는 며칠이 걸립니다. 크로노미터는 이를 방지하기 위해 최선을 다하고 있습니다."

"그게 무슨 말이에요?"

콘라드가 묻자, 울프는 천천히 입을 떼며 콘라드를 바라보았다.

"그건… 당신이 서서히 희미해지다가 끝내 완전히 사라진다는 뜻이에요."

단야의 귀에 울프의 목소리가 윙윙거렸다. 단야는 점점 더 밝아지던 콘라드의 옷과 롤러코스터를 탔을 때 하얗게 보이던 그의 손을 떠올렸다.

"콘라드가 희미해지기 시작했어요! 보세요!"

단야의 말에 콘라드는 완전히 하얗게 변해버린 자신의 손을 천천히 들어올렸다.

"이런, 이럴 수가."

"당신의 오르골은 어느 역에도 없는 게 분명해요. 누군가 그 걸 가져간 것 같아요."

울프가 힘없는 목소리로 말했다.

"안 돼!"

마리나가 소리치며 콘라드의 손을 잡으려고 했다. 하지만 소 용없었다.

시간이 콘라드를 끌어당겼다.

제 17 장

집

울프와 단야, 콘라드의 엄마인 마리나는 모두 콘라드가 방금까지 서 있었던 자리를 바라보았다. 마리나는 마치 콘라드가 투명인간이 된 것처럼 손으로 허공을 더듬었다.

"시간이 그를 데려갔어요. 이건 정말 끔찍한 일이에요. 그가 실종됐다는 걸 지금 즉시 보고해야만 해요!"

충격을 받은 울프가 간신히 말을 이었다.

"내 아들은 어디로 사라진 거죠?"

마리나가 물었다. 울프는 그 어느 때보다도 절망스러워 보였다. 그의 수염마저도 축 처진 것 같았다.

"그건 확실히 알지 못합니다. 실종자들은 역들 사이에서, 시간에 끌려다닙니다. 크로노미터도 그 원리를 알아내기 위해 여러 번 시도했습니다. 똑똑한 직원들을 불러 모았지만, 단순한 문제가 아니었습니다.”

“우리가 오르골을 찾으면 콘라드가 희미해지는 걸 멈출 수 있을까요? 오르골이 원래 콘라드 거잖아요.”

단야가 물었다.

“그렇죠. 오르골을 찾는 게 매우 중요합니다.”

“제가 맞게 이해했다면, 오르골은 현재 12번 역의 가짜 관리인이 갖고 있는 거죠?”

마리나가 묻자, 울프는 고개를 끄덕였다.

“제가 12번 역으로 가서 찾아볼게요.”

마리나가 말했다.

“물론입니다. 당연히 그러셔야죠.”

“저도 같이 가고 싶어요.”

단야의 말에 마리나는 고개를 저었다.

“마음은 이해한다만, 너는 집에 가야 한단다. 너마저 사라질 수는 없어. 너희 어머니는 이미 할머니가 실종되셔서 슬퍼하고 계시잖니.”

단야는 이의를 제기하려고 입을 열었지만, 곧 마리나가 옳다는 걸 깨달았다. 그녀는 엄마와 아빠가 깨기 전에 집으로 가야만 했다.

“그렇다면 이제 결정되었군요.”

울프는 다른 승객들을 향해 몸을 돌린 뒤 다시 확성기에 대고 말했다.

"모두 필요한 것들을 챙겼다면 이제 출발하겠습니다. 여러분들이 제시간에 집에 도착할 수 있도록 급행으로 운행하겠습니다."

그는 주머니에서 크고 검은 호루라기를 꺼냈다. 그것은 그가 평소에 쓰던 것보다 훨씬 컸다. 그는 호루라기를 불려다 멈추고는 얼굴을 찡그렸다.

"그게 뭐예요? 어디가 아픈가요?"

"특수한 호루라기인데 이걸 불 때마다 이가 끔찍하게 아파서 특별한 경우에만 사용합니다."

단야의 질문에 짧게 대답한 울프는 다시 호루라기를 불 채비를 했다.

"다들 준비되었나요?"

울프가 호루라기를 불었다. 한 번, 두 번, 세 번. 마지막 호루라기 소리는 아득하게 들렸다. 어느새 단야는 자신의 침대에 누워 있었다.

창밖은 여전히 어두웠다. 엄마와 아빠는 아직 자는지, 집 안은 쥐 죽은 듯 고요했다. 단야는 곰돌씨를 껴안았다.

"콘라드가 사라져서는 안 돼. 내 말이 무슨 말인지 알겠어? 나는 오르골이 콘라드 건 줄 몰랐다고!"

곰돌씨는 아무 말도 없이 단추 눈으로 그녀를 바라보기만 할 뿐이었다.

아빠가 침대 가장자리에 앉는 기척에 단야는 잠에서 깼다. 벌써 밖이 훤했다. 몇 시간 정도 잠을 잔 모양이었다. 아빠는 피곤한 얼굴로 단야의 볼을 쓰다듬었다.

"잠깐 내려오지 않을래? 곧 열두 시가 되니까 우리도 점심을 좀 먹자. 이야기할 것도 있고 말이야."

단야는 아빠를 따라 부엌으로 내려갔다. 엄마의 눈가는 여전히 붉었다. 난다는 양손에 찻잔을 들고 싱크대에 기대어 있었다. 난다의 은색 브릿지가 섞인 검은 머리카락이 아래로 늘어져 있었다. 그녀는 단야와 눈을 마주치지 않았다. 아빠가 헛기침을 했다.

"할머니가 아직도 집에 돌아오지 않으셨단다."

엄마가 코를 훌쩍였고, 아빠는 말을 이어갔다.

"경찰 말로는 상황이 안 좋아 보인다고 하는구나. 그게 무슨 뜻인지 알겠니? 어쩌면 최악의 상황에 대비해야 할지도 몰라."

단야는 엄마와 아빠가 상상력이 풍부해서 잠깐이라도 야간열차의 존재를 믿을 수 있기를 바랐다. 엄마와 아빠가 아주 조금이라도 믿어주면 그들을 설득할 수 있을 것 같았다. 단야는 마지막으로 한 번 더 시도해 보기로 했다.

"할머니는 실종된 게 아니에요. 야간열차를 타면 할머니를 만날 수 있어요."

아빠는 고개를 저었다.

"단야야, 제발. 그건 꾸며낸 이야기일 뿐이야. 네가 꿈을 꾼 거지. 그 열차에 대한 이야기는 그만하자. 우리 모두 할머니가 돌아오지 않을 수도 있다는 걸 받아들여야 해."

아빠는 단야를 안아주었다. 동시에 엄마에게도 같이 안아주라며 손짓했다.

"난다야, 너도 오렴. 한번 안아보자."

엄마의 말에 난다도 머뭇거리며 다가왔다. 그들은 서로를 끌어안았다, 엄마는 난다의 핫핑크 원피스에 얼굴을 묻고 중얼거렸다.

"우리는 함께니까 이겨낼 수 있을 거야. 그렇지?"

단야는 엄마의 커피 향기와 아빠의 면도 크림 냄새를 맡았다. 또 난다의 귀에 걸린 옷핀이 볼에 닿는 걸 느꼈다. 이곳에 없는 사람은 할머니뿐이었다. 왜 가족들은 단야를 믿어주지 않는 걸까? 단야의 말에 단 한 번이라도 귀 기울여 주었다면 모든 게 훨씬 쉬웠을 것이다. 오직 할머니만이 항상 단야의 편이었고, 언제나 단야를 믿어주었다.

전화벨이 울리자, 모두 멈칫했다. 엄마는 끌어안고 있던 팔을 풀고 서둘러 복도로 달려나갔다.

“여보세요. 아니요, 아직 아무 소식도 듣지 못했어요.”

실망한 엄마의 목소리가 들렸다.

아빠는 피티판나*를 만들기 위해 감자와 양파를 잘게 썰기 시작했다. 난다는 방으로 올라가 버렸다. 얼마 지나지 않아 난다가 늘 연습하던 클라리넷 연주가 계속 들렸다. 양파 볶는 냄새가 부엌에 퍼지자, 단야는 그제야 배가 고픈 게 느껴졌다.

“상 좀 차릴래? 계란도 있으니 먹고 싶으면 먹으렴.”

아빠가 말했다. 엄마는 그들이 식사를 다 끝낼 때까지 돌아오지 않았다.

“끔찍한 일이 일어났어.”

엄마가 부엌으로 들어오며 말했다.

“콘라드의 엄마, 마리나에게서 온 전화였는데… 우리 파티에도 왔었지. 기억나?”

엄마는 한숨을 쉬고는 의자를 빼고 앉았다.

“콘라드가 한참 동안 집에 안 들어왔던 것 같아.”

“콘라드는 야간열차를 탔을 뿐…….”

단야가 입을 열었지만, 아빠는 단야를 매섭게 바라보며 그녀의 말을 막았다.

---

* 감자, 고기, 양파 등을 잘게 썰어 프라이팬에 익힌 스웨덴 전통 요리를 말한다. ─옮긴이 주

"마리나도 지금 제정신이 아닐 거야. 너나 난다가 사라진다고 생각해 봐."

엄마는 일어나서 단야를 아플 정도로 세게 껴안았다.

"사라지지 않겠다고 약속해. 빨리 약속해."

"하지만 엄마, 우리가 어디로 사라진다는 거예요? 그럴 리 없잖아요."

단야가 엄마의 품에서 빠져나오며 말했다. 엄마는 단야의 말을 듣지 못한 것 같았다.

"단야야, 마리나 아줌마가 너를 정말 만나고 싶어 해. 콘라드가 너랑 또래니까 너라면 어디로 사라졌을지 알 수도 있다고."

단야는 고개를 끄덕였다. 마리나가 지금까지 일어난 모든 일에 대해 자신과 이야기하고 싶어 한다는 것을 알았다. 단야 역시 마리나를 만나고 싶었다. 마리나가 오르골을 찾았는지 확실히 알고 싶었기 때문이다.

"콘라드가 눈으로 이글루 같은 집을 만든 건 아닐까? 얼어붙은 링곤베리 같은 식량이 있을 거야. 콘라드는 보이스카우트였으니 생존 방법도 알고 있겠지. 이글루 안에 누워 있다 보니 너무 따뜻하고 아늑해서 집에 갈 생각을 못했을지도 몰라."

단야는 엄마가 가여울 지경이었다. 엄마는 항상 규칙과 리스트대로 움직이는 사람이었는데, 지금은 원하는 대로 되는 게 아무것도 없었다.

"마리나 아줌마는 언제 오신대요?"

"곧 오실 거야."

전화벨이 다시 울렸다. 이번에는 짧은 통화였다.

"경찰이 전화했어. 경찰서에 와서 CCTV 영상을 보라고 하네. 지금 가야 해."

엄마가 복도에서 외쳤다. 아빠는 점퍼를 입으며 단야에게 말했다.

"다 먹고 설거지 좀 해두렴. 냉장고에 간식도 있어. 엄마 아빠 없는 동안 언니랑 싸우지 말고."

엄마는 이미 현관에 서 있었다.

"마리나 아줌마에게 우리가 급한 일이 생겼다고 말씀드려. 걱정하지 말고. 잘하면 CCTV 영상에서 단서를 찾을 수 있을 거야. 뭔가 알게 되는 대로 전화할게!"

단야는 계단에 서서 자동차 헤드라이트가 멀어지는 것을 지켜보았다. 벌써 어둑해지기 시작했다. 단야는 추위에 몸을 떨며 부엌으로 돌아와, 그릇을 천천히 정리하면서 창밖을 계속 바라보았다.

마침내 자동차 한 대가 역사 앞으로 들어왔다. 마리나가 차에서 내려 승강장을 가로질러 달렸다. 그녀는 눈이 묻은 신발을 벗지도 않은 채 부엌으로 들어왔다.

“관리인에게서 오르골을 돌려받았나요?”

단야가 물었다. 마리나는 고개를 저었다.

“관리인도, 오르골도 없었어. 아무것도 없었어.”

제 18 장

계획

마리나는 점심 때 엄마가 앉았던 자리에 털썩 앉았다.

"울프와 나는 곧바로 12번 역으로 갔는데, 거기엔 관리인이 없었어. 크로노미터에 있는 어느 누구도 그런 사람에 대해 들은 적이 없대. 우리는 모든 선반과 서랍, 창고를 샅샅이 뒤졌지만, 오르골은 찾지 못했어."

"기념품이 스스로 움직일 수는 없잖아요?"

단야가 물었다.

"울프도 그건 불가능하다고 하더라. 아마 관리인이 가져갔을지도 모른다고. 최근에 도난 사건이 많이 일어났대."

"투레 아저씨는요? 아저씨라면 콘라드를 찾을 수 있지 않을까요?"

"아마도. 그런데 어떻게 해야 투레를 만날 수 있을지 모르겠어. 남편을 처음 찾아냈을 때도 야간열차를 타고 몇 바퀴나 돌았거든."

"아저씨는 22번 역에서 기계 장치를 완성했어요. 분명 거기서 부지런히 나사를 조이고 있을 거예요."

마리나는 씁쓸하게 웃었다.

"맞아. 그게 내 남편이지."

"제 할아버지가 아저씨를 가르쳤대요. 아저씨는 야간열차가 어떻게 작동하는지 알아내셨죠. 우리가 오르골을 찾기만 하면 제가 열쇠를 돌릴 수 있어요. 그러면 할아버지가 평생 꿈꾸던 대로 기계 장치가 작동할 거예요. 모두가 집에 돌아올 수 있어요. 콘라드도요!"

마리나는 천천히 고개를 끄덕였다.

"그럼 오르골은……. 오르골을 반드시 찾아야 해. 내가 진작 알았더라면……."

"우리 나눠서 찾아요."

단야가 조심스럽게 끼어들었다.

"우리가 모든 역을 찾아봐요. 둘 다 콘라드의 기념품을 가지고 있다면 콘라드가 나타날 거예요. 콘라드는 오르골을 가지고 다니는 사람을 봤을지도 몰라요. 제가 기념품으로 사용할 수 있는 콘라드의 물건이 있을까요?"

마리나는 주머니를 뒤져 긴 체인이 달린 은색 회중시계를 꺼냈다. 크리스마스 파티 때 콘라드가 단야에게 보여준 것이었다.

"이건 콘라드가 가장 좋아하는 시계야. 이걸 가져가렴. 어젯밤엔 이게 필요가 없었어. 울프가 친절하게도 콘라드의 이름을 불러줬거든."

"다른 것도 있나요?"

마리나가 고개를 젓고는 몸을 일으켰다.

"오늘 밤에 몇 개 더 가져올게."

"우리는 모든 역에서 잠시 머물러야 해요."

단야는 그동안 보았던 추적자와 실종자들의 다양한 만남을 떠올리며 말을 이었다.

"콘라드가 바로 나타나지 않을 수도 있어요."

마리나가 떠나기 직전, 단야는 계단에서 오랫동안 궁금했던 것을 물었다. 마리나가 엄마의 친구인 것을 알게 된 이후로 쭉 간직해 왔던 질문이었다.

"저희 엄마랑 아빠에게 왜 야간열차에 대해 말하지 않으셨어요?"

마리나는 하늘을 올려다보았다. 별들 사이를 가로지르는 외로운 위성 하나가 보였다.

"나조차도 야간열차를 믿지 않았어. 그냥 투레가 늘 떠벌리고 다녔던 거지. 투레는 종일 일만 했는데, 일을 더 많이 하겠다고 하니까 당연히 화가 났지……. 야간열차의 존재를 믿는다는 건 정말 어려운 일이란다.”

“엄마랑 아빠는 야간열차를 그저 꿈이라고만 생각해요.”

“야간열차는 평범한 열차가 아니니까. 야간열차의 존재를 조금이라도 믿는 사람에게만 나타나지.”

마리나가 떠난 직후에 엄마와 아빠가 집으로 돌아왔다. 엄마는 자신의 방으로 곧장 올라갔고, 아빠는 고개를 저었다.

“할머니는 어느 CCTV에서도 보이지 않았어. 엄마가 몹시 실망했단다.”

그날 밤, 아빠는 잠자리 동화책을 오랫동안 읽어주었다. 단야는 그 순간을 정말 좋아했다. 아빠가 소파에 앉아 창문에 있는 줄 전구를 켰다. 아빠는 서두르지 않고 책만 읽고 또 읽었다.

하지만 오늘 밤에는 이야기가 빨리 끝나서 아빠가 얼른 자장가를 불러주기를 바랐다. 승강장으로 몰래 나가서 빨간 양초를 켜고 야간열차를 기다려야 했으니까.

아빠는 책을 다 읽은 뒤 단야의 침대에 걸터앉았다.

“괜찮니?”

단야는 어깨를 으쓱했다.

“그래. 물론 안 괜찮겠지. 우리 모두 다 그래. 네가 잠들 때까지 아빠가 여기 있을게.”

"전 괜찮아요. 그냥 가서도 돼요."

아빠는 단야의 손을 잡았다.

"걱정하지 마. 할머니랑 콘라드 때문에 네가 지금 두려워하고 있다는 걸 아빠는 이해한단다. 그런 건 혼자 감당하지 않아도 돼. 혹시 이야기하고 싶은 게 있니?"

단야는 고개를 저었지만, 곧 한 가지가 떠올랐다.

"아빠, 아빠도 야간열차를 탈 수 있다면 믿으실래요?"

아빠는 지친 듯이 웃었다.

"그래, 그렇게 되면 믿을게."

아빠가 줄 전구를 끄자, 방이 어두워졌다. 아빠는 자장가를 흥얼거렸다. 푸른 하늘을 떠다니는 달에 대한 노래였다. 그리고 단야는 잠들지 않기 위해 집중해야 했다.

영원할 것 같았던 시간이 지난 뒤, 아빠는 단야의 뺨을 어루만지고는 방을 나갔다.

엄마와 아빠가 속삭이는 소리가 들렸지만, 곧 조용해졌다. 단야는 재빨리 침대를 나와 옷을 입었다. 그러고는 방문을 조심히 열고 몰래 계단을 내려갔다.

단야는 양초를 찾으려고 배낭 속을 더듬으며 한쪽 다리로 문을 열다가 갑자기 멈추었다.

승강장에는 이미 양초 하나가 켜져 있었다. 타오르는 촛불이 땅을 붉게 물들였다. 그것은 바로 서랍장에 있던 양초였다.

그 옆에는 마리나가 기다리고 있었다. 그녀 앞에는 큰 가방이 놓여 있었다.

"촛불을 밝혀줘서 고마워. 열차가 곧 오겠어."

"하지만…… 양초를 켠 건 제가 아니에요. 전 아주머니가 켜신 줄 알았어요."

"이 역에서는 추적자들이 많이 타니까, 그중 한 명이 켰나 보구나."

단야는 그동안 이 역에서는 단 한 번도 다른 사람을 마주친 적이 없었고, 언제나 콘라드와 단둘이 있었다고 말하려 했다. 하지만 말을 꺼낼 틈도 없이, 마리나는 가방 앞에 쭈그려 앉아 물건들을 하나씩 꺼내기 시작했다. 콘라드가 아기였을 때 썼던 게 분명한 작은 안경테와 책더미, 캐러멜 한 봉지, 그리고 공기가 빠진 물놀이 튜브가 들어있었다.

"내가 들 수 있는 만큼 가져왔어. 넌 뭘 가져가고 싶니?"

마리나는 단야에게 넥타이를 내밀었다.

"이건 콘라드가 가장 좋아하는 넥타이야. 너희 집에서 열었던 크리스마스 파티 때 이걸 하고 있었어. 이게 효과가 있을 거야……. 그리고 은색 회중시계는 전에 이미 줬고……."

"이제 충분해요. 각 역마다 두 번씩 머문다면, 하룻밤 안에 그렇게 많이 다닐 순 없을 거예요."

마리나가 한숨을 쉬었다.

“네 말이 맞아. 콘라드가 나타나지 않을까봐 겁이 나.”

단야는 무슨 말을 해야 할지 몰랐다. 그저 마리나를 안아줄 뿐이었다. 그들은 야간열차가 승강장에 들어올 때까지 그렇게 서 있었다.

“콘라드를 찾았나요?”

그들이 열차에 탑승하자마자 울프가 물었다. 마리나는 고개를 저었다.

“계획이 있어요. 우리는 코스를 나눠서 여러 번 다니기로 했어요. 각 역마다 두 번씩 머무르고요. 그러면 콘라드를 놓칠 위험이 없겠죠.”

“훌륭한 계획이에요.”

울프가 창밖을 내다보며 말했다.

“벌써 두 번째 역에 도착했습니다.”

그는 수염을 긁적였다.

“이 역은 좀 이상해요. 여긴 모든 게 물속에 잠겨 있거든요. 혹시 수영 잘하나요?”

마리나는 창밖을 바라보았다.

“열차가 멈추면 바로 뛰어내리세요. 역은 물이 가득 찬 웅덩이에 있어요. 너무 깊은 나머지 여기서부터 다이빙을 할 수 있을 정도죠. 기념품의 무게에 따라서 수면 위에 놓거나 바닥에

놓을 수 있어요. 양초는 부표에 고정되어 있으니 물을 튀기지 않도록 조심하세요."

열차가 빠르게 멈추자, 울프가 문을 열었다. 물이 곧바로 울프의 발 위로 찰랑거렸다. 한 여자가 작은 배를 타고 노를 저으며 잠시 기다리라고 소리쳤다.

"그대로 뛰어내려서 이십 미터 정도 앞으로 헤엄쳐요! 거기에 역이 있어요!"

마리나가 단야를 잠깐 바라보더니 곧 뛰어내렸다. 열차는 다시 출발했다.

울프는 단야의 맞은편에 앉아 신발을 벗고 흠뻑 젖은 양말을 짜냈다.

"저는 어디서 시작할까요?"

"기념품으로 뭘 갖고 있는데요?"

단야가 마리나에게 받은 물방울무늬 넥타이를 보여주었다.

"19번 역은 어때요? 넥타이가 다락방에 있는 옛날 유니폼 넥타이와 똑같이 생겼어요. 예전에는 정말 날아다녔죠!"

울프는 춤을 추듯 팔을 흔들다가, 단야가 그를 쳐다보자 이내 멈추고 헛기침을 했다.

"음, 내가 무슨 말을 하는지 이해할 수 있을 거예요."

열차는 평소보다 더 느리게 가는 것 같았다. 그날 밤, 열차에서는 구운 소시지 냄새가 났고, 단야는 창밖으로 역들이 스쳐 지나가는 것을 바라보았다. 사막이 있던 4번 역, 엄청나게 많은 촛불이 있던 6번 역.

9번 역은 칠흑같이 어두웠다. 단야는 열차가 속도를 줄일 때 성난 으르렁 소리를 들은 것 같았다.

"여기선 절대 내리지 마세요. 9번 역을 지을 때 뭔가 잘못되었거든요."

열차는 19번 역에서 멈췄고, 단야가 내렸다. 시끄러운 음악과 거칠게 내려치는 드럼 소리가 그녀를 맞이했다.

"연습 중인가 봐요!"

울프가 단야에게 소리쳤다. 단야가 더 묻기도 전에 열차는 이미 출발해서 사라졌다. 단야는 귀를 막고 주위를 둘러보았다. 소리는 역사 안에서 들려오는 것 같았다.

단야는 주머니 속의 넥타이를 만져보았다. 울프는 그 넥타이가 다락방에 어울릴 거라고 했다. 그녀는 어쨌든 저 시끄러운 곳으로 들어가야만 했다.

트럼펫은 울부짖는 소리를 냈고, 플루트는 제멋대로 멜로디를 뿜어냈다. 누군가는 오르간을 연주하고 있었으며, 그들 너머에는 여러 명의 드러머가 각자 다른 박자로 드럼을 치고 있었다. 단야는 역사 안으로 들어갔다가, 소음이 너무 커서 다시 나가려 했다.

이 역에는 벽을 따라 놓여 있는 벤치들이 없었고, 대신에 의자들이 매표소를 향해 놓여 있었다. 매표소 계산대에 서 있는 사람은…….

단야는 믿을 수 없어서 멍하니 바라보았다.

제 19 장

오케스트라

그녀는 핫핑크 원피스를 입고 귀에는 옷핀을 꽂았다. 그리고 줄무늬 스타킹을 신고 있었다. 단야의 언니, 난다였다. 부엌에 있을 때와 같은 옷차림이었다. 난다는 단야를 보고는 지휘봉을 주머니에 넣었다. 그녀는 의자와 악기들 사이를 뚫고 나와, 튜바를 옆으로 밀고 넘어져 있던 보면대를 세웠다.

"안녕."

난다가 단야 앞에 서서 인사했다.

"너 야간열차를 알고 있구나?"

"당연하지."

단야는 자신도 마리나도 켜지 않았는데, 불이 밝혀져 있던 양초를 떠올렸다.

"양초를 켠 게 언니였어?"

"보통은 네가 타고 나면 따라가는데, 오늘 밤에는 더 기다릴 수가 없었어. 왜 이렇게 늦은 거야?"

"아빠가 내 방에서 나가지 않아서……. 그런데 이 사람들은 다 누구야?"

난다가 웃음을 터뜨렸다.

"실종자들과 함께 즉흥 연주하는 걸 좋아하는 추적자들이야. 할머니를 기다리는 동안 내가 지휘자를 맡고 있어. 실종자들이 줄곧 끌려가다 보니 멜로디를 맞추기가 좀 까다로워. 우리가 무슨 곡을 연주하는지 들었어?"

단야가 고개를 저었다. 단야는 어떤 멜로디인지 전혀 알아듣지 못했고, 난다가 클라리넷 어쩌고 하는데도 전혀 신경 쓰지 않았다. 단야는 난다가 야간열차를 알고 있다는 것을 여전히 이해하지 못할 뿐이었다.

"이건 크로노미터의 행진곡이야. 서랍장에서 악보를 찾았어. 할머니가 가끔 흥얼거리셨던 노래야."

단야가 주의 깊게 들어보니, 할머니가 사라진 날 밤에 흥얼거리던 멜로디와 조금 비슷하게 들렸다. 난다는 할머니가 침대 기둥에 매달아 놓았던 작은 종을 꺼냈다.

"이걸 기념품으로 갖고 왔는데 할머니가 아직 나타나지 않으셨어."

난다는 고개를 갸웃하며 단야를 바라보았다. 그 순간 난다가 어쩐지 할머니와 닮아 보였다. 단야는 난다의 정강이를 발로 차고 싶었다. 할머니도 마찬가지였다. 왜 아무도 단야에게 한마디도 하지 않은 걸까?

난다는 단야가 배낭을 메고 몰래 계단을 내려가는 우스꽝스러운 모습을 보면서 분명히 비웃었을 것이다.

"야간열차가 있다는 걸 안 지 얼마나 됐어?"

단야가 물었다.

"몇 년 전에 할머니가 말해주셨어. 나는 처음에 사실이 아니라고 생각했어. 할머니가 항상 들려주시던 동화 중 하나일 뿐이라고 여겼지."

"할머니가 나한테는 야간열차에 대해 말해주지 않으셨어. 심지어 동화로도 말이야."

"너는 어렸잖아. 할머니가 사라지셨던 그날 밤에, 할머니가 나를 방으로 부르셨어. 네가 손님들의 외투를 걸고 있을 때 말이야. 할머니는 잠깐 정신이 맑아지셨고, 이제 때가 되었다고 하셨어."

"나 그냥 갈래."

문 쪽으로 급히 걸어가던 단야가 보면대 몇 개를 넘어뜨렸다.

"화났어?"

"당연히 화났지! 언니는 우리한테 거짓말을 했잖아! 왜 야간열차의 존재를 알리지 않았어? 우리 모두가 함께 찾을 수도 있었다고! 엄마가 얼마나 슬퍼하는지 언니도 봤잖아. 언니랑 나랑 둘 다 야간열차에 대해 이야기했다면 엄마 아빠는 결국 우리를 믿었을 거야!"

단야는 한숨을 쉬고는 말을 이었다.

"난 언니랑 이러고 있을 시간이 없어. 12번 역에 가서 관리인을 찾아야 해. 그 여자가 콘라드의 기념품을 가져갔어."

"콘라드?"

단야가 대합실을 나가자 난다가 단야를 따라잡았다.

"네가 왜 콘라드의 기념품을 찾아?"

이번만큼은 단야가 더 많은 것을 알고 있었다.

"말해 봐. 나는 콘라드를 좋아하고, 우리는 같이 야간열차를 기다렸어. 콘라드에게 무슨 일이 생긴 거야?"

마지막 말을 할 때 난다의 목소리가 평소와는 달랐다. 난다가 정말로 심술궂은 말을 했을 때 내던 목소리였다.

"언니는 야간열차가 정말 있다고 말했어야 했어. 그러면 모든 게 더 쉬워졌을 거야."

난다가 입을 열려고 하는 찰나, 두 사람 뒤에서 들리는 어떤 목소리가 가로막았다.

"비밀로 해야 한다고 말한 건 나였단다."

아주 짧은 순간 단야와 난다의 시선이 마주쳤다. 누구의 목소리인지 알고 있었다. 둘은 동시에 할머니의 목을 껴안았다. 할머니는 웃으며 비틀거렸다.

"사랑하는 손녀들, 너희가 여기 있다니!"

난다는 종을 앞뒤로 흔들었다. 승강장에 딸랑딸랑 소리가 울렸다.

"기념품 때문에 오신 거죠, 맞죠?"

그들은 계단에 나란히 앉았다. 단야가 할머니의 어깨에 머리를 기댔다.

"난다에게 화내지 말거라. 난다는 크로노미터에서 일하고 있어. 그래서 아무 말도 할 수 없었던 거야."

단야는 너무 놀라서 아무 말도 할 수 없었다. 크로노미터에서 일한다니, 이건 또 무슨 말이지?

"기계 장치가 아직 완성되지 않았기 때문에, 크로노미터의 직원은 모두 야간열차를 비밀로 해야만 했어. 우리는 말하고 싶어도 할 수 없었단다."

"엄마가 파티 때 쓰려고 사 오셨던 양초들을 숨긴 것도 나야. 나는 네가 야간열차를 타기를 바랐거든. 일상적인 것들이 사라지면 네가 분명히 할머니의 서랍장을 뒤져볼 거라고 생각했어."

"그렇지만…… 왜……. 아, 아무것도 아니에요."

단야는 말을 삼켰다. 할머니가 단야의 손을 잡았다.

"야간열차에 대해 아무에게도 말할 수 없었어. 내 후계자로 정해진 난다에게만 말할 수 있었지. 시간에 끌려가지 않고 야간열차의 선로를 따라 움직일 수 있는 사람은 추적자와 직원들뿐이야."

단야가 조금 어리석은 질문일지 몰라도 용기를 내어 물었다.

"왜 저는 할머니의 후계자가 될 수 없었던 거예요?"

할머니는 단야의 뺨을 어루만졌다.

"몇 년 전 크리스마스 때 나는 내가 예전 같지 않다는 걸 느꼈단다. 물건도 자꾸 잃어버리고, 크로노미터에 제때 보고도 하지 않았어. 원래는 너희 엄마에게 넘겨줄 생각이었지만, 할아버지와 내가 아무리 노력해도 너희 엄마는 야간열차를 절대 믿지 않았지. 기념품을 정리하려고 하는데 우연히 난다가 들어왔어. 난다는 모든 기념품이 엉망이었는데도 정리하는 걸 도와주었지. 크로노미터가 난다에게 야간열차에 대해 말할 수 있도록 허락해 줬고, 그래서 난다가 이어받을 수 있었단다. 매년 크리스마스쯤에 일 년 치를 정리해야 했는데, 너희가 그때 우리 집을 방문하니 다행이었지."

"그래서 너랑 놀 시간이 없었어. 미안해."

난다가 돌을 차면서 말했다.

할머니는 단야의 손을 더욱 꼭 잡았다. 그제야 단야는 할머니가 난다를 더 좋아해서가 아니라, 그냥 그렇게 된 것일 뿐이라는 것을 이해했다. 그리고 사실상 단야가 양초를 찾을 수 있었던 것도 난다가 도와준 덕분이었다.

"괜찮아. 나도 그렇게 착하진 않았어."

난다가 웃음을 터뜨렸다.

"10번 역에서 선샤인 브레드를 찾았니? 네가 놀랄 거 같았는데."

"언니가 거기에 빵을 둔 거야?"

"나도 할머니가 보고 싶었거든."

트럼펫이 연주를 시작했고, 드러머가 박자를 맞췄다. 악기들이 같은 멜로디를 동시에 연주하는 소리를 들은 것은 이번이 처음이었다.

할머니는 난다와 단야의 손을 꼭 끌어안았다.

"투레라는 남자가 있는데, 그 사람이 너희 할아버지의 조력자 같구나. 시간에 이끌려 6번 역을 나올 때 문득 그 생각이 들었어."

"저도 알고 있어요. 제가 그 아저씨를 만났거든요!"

단야가 말했다.

"뭐라고?"

"콘라드에게 무슨 일이 일어났는지 말해 줘. 어쩌다 사라지게 된 거야?"

난다는 단야를 재촉했다.

"크로노미터도 모르는 어떤 관리인이 콘라드의 기념품을 가져갔어. 오르골인데, 콘라드의 아빠가 그 오르골이 엄청 중요하다고 했어. 우리가 그것만 찾으면 모든 실종자들이 돌아올 수 있대."

"오르골과 관리인이라……."

할머니가 이렇게 말하며 벌떡 일어났다.

"모든 곳을 다 찾아봐야겠구나."

단야는 콘라드의 넥타이를 보여주었다.

"울프가 콘라드의 기념품은 다락방에 두면 잘 어울릴 거라고 했어요."

그들은 다락방의 옷장에서 오래된 오케스트라 유니폼을 찾았다. 단야는 알록달록한 넥타이들을 보자마자 울프가 무슨 뜻으로 말했는지 이해했다. 콘라드의 넥타이는 그중 하나와 똑같았다. 단야는 그의 기념품을 옷걸이에 걸었다.

이제 기다리는 일만 남았다. 2층은 할머니의 역사와 비슷해 보였지만, 그곳에는 악기들과 오래된 악보들, 그리고 커다란 축음기 한 대가 있었다.

"기념품이 참 멋있네. 나는 항상 기념품들이 실종자와 추적자들에게 어떤 의미였을지 생각한단다."

할머니가 솜방울 몇 개를 집어 들며 말했다.

“기념품들은 어떻게 할머니의 집으로 오나요?”

단야가 물었다.

“야간열차는 매년 크리스마스마다 작동하지 않는 기념품들을 골라내서 화물차에 실어온단다. 물론 부피가 큰 물건들은 서랍장에 보관하지 않고, 12번 역 뒤편 창고에 보관하지.”

할머니는 그랜드 피아노의 뚜껑을 열었다.

“서랍장은 기념품을 위한 일종의 자유 구역이야. 기념품들이 역에 안전하게 보관되어 있는 한, 실종자들이 사라질 위험은 없어.”

그들은 다시 아래층으로 내려갔다. 단야는 모든 추적자와 실종자들을 주의 깊게 보았지만, 관리인은 없었다.

“할머니, 혹시…….”

아무 말도 돌아오지 않아, 단야가 돌아보았다. 할머니가 조금 전까지 서 있던 자리는 텅 비어 있었다.

“시간이 할머니를 데려갔어.”

난다가 한숨을 쉬고는 말을 이었다.

“모든 게 평소대로라면 훨씬 좋았을 텐데.”

“그러게.”

그들은 철로가 노래하는 소리가 들려올 때까지 부엌에 조용히 서 있었다.

“곧 열차가 올 거야. 다음 역까지 같이 갈래?”

“난 여기 남아서 콘라드를 기다릴게. 여기에 나타날지도 모르니까.”

단야의 말에 난다는 고개를 저었다. 단야는 난다가 승강장을 가로질러 역사로 들어가는 것을 지켜보았다. 오케스트라가 다시 연습을 시작했다. 우르르하고 천둥이 치는 듯한 요란한 굉음이 나더니 제법 그럴듯한 멜로디가 들렸다.

제 20 장

정시

야간열차에서는 달콤한 향기가 났다. 마치 온실에 들어선 것 같았다.

"나는 콘라드가 걱정이에요."

단야가 열차에 타자마자 울프가 말했다.

"크로노미터가 관리인과 관련된 문제를 해결하려고 노력 중입니다. 이런 경우는 처음이에요. 다른 사람의 기념품을 가져가는 사람, 아니 기념품의 정체가 뭔지 아는 사람……."

그는 단야의 앞좌석에 털썩 앉았다. 객차 안에는 그들뿐이었고, 울프는 차장 가방을 열었다.

"배고프지 않나요? 나는 뭔가 걱정될 때마다 늘 허기가 지더군요."

"조금 고프네요."

단야는 울프가 내민 샌드위치를 받았다.

"내가 모든 승객에게 관리인이 있는지 눈여겨봐달라고 부탁했어요. 아, 물론 오르골도요. 분명 어디선가 나타날 거예요. 모두가 기꺼이 도와주고 있으니까요!"

울프는 수첩을 꺼내 살짝 흔들었다.

"8번 역으로부터 보고가 들어왔어요. 미로가 있던 역 말이에요. 하지만 거기엔 관리인도, 오르골도 없었다고 하네요."

그는 한 페이지를 넘겼다.

"크로노미터 사람들이 최선을 다해 20번 역을 수색 중이에요. 정글 때문에 좀 복잡하지만, 밤새 작업을 마칠 거라고 예상합니다."

"모든 역이 어떻게 생겼는지 다 아세요?"

"물론이죠."

울프는 대답을 하면서도 머릿속으로는 딴생각을 하고 있는 것 같았다.

"기념품들 말이죠……. 도난 사건이 문제를 복잡하게 만들었어요. 기념품들이 이리저리 옮겨지면서 강력한 효과를 내지 못하고 있어요."

단야는 울프가 전에 도난 사건이 있었다고 말했던 것을 기억했다.

"기념품이 도난당했을 때 실종자들이 희미해졌나요?"

"그게 이상해요. 아무도 희미해지지 않았어요. 이 말은 곧 기념품들이 여전히 역 어딘가에 남아 있다는 뜻인데, 그런데도 우리는 찾을 수가 없어요."

울프는 한숨을 쉬었다.

"나는 모든 사건들을 보고해야 하기 때문에 서류 작업이 너무 많아졌어요. 게다가 도난 사건 때문에 열차도 늦어지죠."

울프는 남은 샌드위치를 한입에 털어 넣고 포장지를 네모 모양으로 깔끔하게 접었다. 단야는 콘라드의 은색 회중시계를 만지작거렸다.

"차장님, 한 가지 궁금한 게 있어요. 10번 역에는 쿠키와 케이크가 있고, 13번 역에는 기념품들이 모두 동물이잖아요."

울프는 수첩에서 눈을 떼고 고개를 끄덕였다. 단야가 말을 이었다.

"19번 역에는 음악과 관련된 기념품이 있고, 2번 역에는 물과 관련된 모든 게 있어요. 그런데 오직 12번 역에만 잡동사니들이 있죠."

울프가 씩 웃었다.

"당신 말이 맞아요. 이러한 분류는 두 가지 기능을 해요. 첫째는 크로노미터가 더 쉽게 관리할 수 있어요. 이렇게 하면 창고나 서랍장도 편하게 정리할 수 있죠. 둘째는 기념품들을 종류별로 분류하면 사라진 사람들이 조금 더 쉽게 찾아올 수 있어요. 같은 종류의 물건이 한 곳에 집중되어 있으면 실종자들이 나타날 확률이 더 높아지니까요. 더 읽어보고 싶다면 여기 안내 책자가 있어요."

단야는 빠르게 고개를 저었다.

"괜찮아요. 콘라드의 은색 회중시계를 어디에 두는 게 좋을지 알고 싶어서 여쭤본 거였어요. 어디에 두어야 콘라드를 찾을 수 있을까요?"

"그 시계를 좀 볼 수 있을까요?"

단야는 콘라드의 시계를 내밀었고, 울프는 회중시계를 조심스럽게 열어보았다.

"정말 아름다운 공예품이네요. 요즘 이렇게 아름다운 시계는 보기 힘들어요."

울프는 단야에게 시계를 돌려주었다.

"당신은 운이 좋네요. 우리는 곧 21번 역에 도착합니다. 그곳은 옛날 학교인데, 시간에 관련된 기념품들을 두도록 권장하고 있어요. 당신도 알다시피 학교에서 시간이 매우 중요하잖아요. 지각하면 안 되니까요."

울프가 한쪽 눈을 찡긋하고는 일어섰다. 창밖으로 양초의 붉은 빛이 보였다. 단야는 문 앞에서 내릴 준비를 했다.

체크무늬 재킷을 입은 한 노인과 단야, 그리고 13번 역에서 만났던 슬픈 얼굴을 한 소년이 같이 내렸다. 소년은 단야가 그의 앞을 지나갈 때도 단야가 있는 쪽을 쳐다보지도 않고 서둘러 역사 계단으로 올라갔다.

그곳은 다른 역들과 비슷해 보였지만, 단야가 안으로 들어가자 울프가 왜 '옛날 학교'라고 했는지 이해하게 되었다.

문 안쪽에는 체육 시간에 쓰는 가방 몇 개가 걸려 있었다. '분실물'이라고 적힌 종이가 붙어 있는 선반에는 수건 몇 장, 캡 모자 하나, 그리고 낡은 지리책이 놓여 있었다.

단야는 문틈 사이로 부엌 안을 들여다보았다. 가스레인지 위에는 큰 솥이 있었고, 곡물빵이 담긴 큰 상자가 구석에 쌓여 있었다. 단야는 '저 곡물빵으로 사람들을 이 역까지 유혹하려면 배가 정말 많이 고파야겠다'고 생각하며 대합실로 들어갔다.

학교에서 쓰는 책상이 매표소 앞에 줄지어 있었다. 벽에는 칠판이 걸려 있었고, 부러진 크레용 몇 개가 바닥의 먼지 더미 속에 떨어져 있었다. 단야는 몸서리쳤다. 여름방학 동안 황량해진 학교가 꼭 이런 모습일 것 같았다.

계단을 올라간 단야는 그 소년과 다시 마주쳤다. 그는 오래된 포스터 앞에 서 있었다. 단야는 그의 울음소리를 듣고 걸음을 늦췄다.

“괜찮아?”

소년이 어깨를 으쓱했다.

“내 이름은 단야야. 너는?”

“페리야. 우리 엄마가 베리를 제일 좋아해서 내 이름이 페리가 되었지.”

그는 포스터 중 하나를 가리켰는데, 거기에는 라즈베리 덤불이 그려져 있었다.

단야는 ‘베리’라는 단어와 운율이 맞는 페리의 이름이 재밌어서 웃음이 나올 뻔 했다. 하지만 그의 표정을 보니 웃을 수 없었다.

“네 어머니는 참 재미있는 분이신 것 같네.”

단야가 은색 회중시계를 놓을 곳을 찾아 주위를 둘러보며 말했다. ‘교무실’이라고 적힌 표지판이 보였다. 여기라면 시계를 놓기에 딱 좋은 장소 같았다.

단야는 서둘러야 했지만, 페리의 목소리가 너무 슬퍼서 차마 그를 두고 갈 수가 없었다.

“엄마는 온실도 갖고 있었어. 20번 역에 토마토 모종 몇 개를 가져다 놓았는데, 엄마가 나타나지 않더라.”

페리는 흐느끼는 것도 아니고 웃는 것도 아닌 이상한 소리를 냈다.

“엄마가 키우던 사과나무의 사과들도 더 이상 맛있지 않아.”

단야는 할머니의 서랍장에서 본 물건 하나를 떠올렸다. 그 서랍장이 분실물 보관함인지 알기도 전에 보았던 것이었다.

"혹시 초록색 손잡이가 달린 삽을 어딘가에 두지 않았어?"

"어떻게 알았어?"

"할머니의 서랍장 안에서 삽 하나를 찾았거든. 작동하지 않는 기념품들을 모아둔 분실물 보관함에 있었어."

단야는 그것이 무슨 뜻인지를 깨닫고는 더 이상 말을 잇지 못했다.

"너는 엄마를 만난 적이 없구나."

"단 한 번도! 매일 밤 이 열차를 타고 여행하면서 기념품을 여기저기 놓아두었는데! 2번 역에는 수련을 남겨두었고, 엄마가 구운 소시지를 좋아해서 17번 역에는 빈 케첩 병을 놓았어. 7번 역에는 벌들이 너무 많아서 힘들었지만, 꿀단지를 놓아두는 데 성공했지."

"엄마는 왜 사라지셨어?"

페리는 자신의 스웨터에 난 구멍을 만지작거렸다.

"엄마의 머릿속에 한 부분이 고장 났어. 엄마가 거의 죽을 뻔했는데, 병원에서 돌아왔을 때는 예전과 달랐어. 절뚝거렸고 말도 할 수 없었지. 그리고…… 그때 엄마와 나 둘뿐이었어."

"누군가랑 같이 살 수는 없었어?"

페리는 고개를 끄덕였다.

"처음엔 이모의 집에서 지냈어. 그런데 얼마 지나지 않아서 이모는 내가 혼자 살 수 있을 만큼 충분히 컸다고 했어."

페리가 스웨터의 실밥을 잡아당기자 구멍이 더 커졌다.

"난 괜찮아. 엄마가 더 가엾지. 이제 좋아하는 일들을 아무것도 할 수 없으니까. 엄마가 사라진 게 이해도 돼. 그래도 기념품을 놓아둔 곳에 엄마가 왔으면 좋겠어. 엄마를 정말 만나고 싶거든."

페리는 입술을 깨물었다.

"나는 부엌으로 내려갈 거야. 완두콩 수프 통조림을 가져다 두려고."

단야는 얼굴을 찡그렸다. 완두콩 수프는 단야가 가장 싫어하는 음식이었다.

"나도 알아. 미트볼이 더 좋지."

단야의 표정을 본 페리가 말했다.

그는 계단 아래로 사라졌고, 단야는 교무실 안으로 들어갔다. 책상 위에는 낙서로 가득한 달력과 학부모회 신문이 몇 개 놓여 있었다. 식기 건조대에는 여러 종류의 컵과 커피포트 세 개가 있었다.

교무실에서는 이상한 소리가 들렸는데, 처음에는 이 소리가 어디서 나는지 찾을 수 없었다. 마치 수천 마리의 까마귀가 지붕에서 뛰는 것 같이 시끄러웠다.

그러다 벽을 보니, 사방에 시계들이 걸려 있었다. 작은 시계, 큰 시계, 흰색 문자판 시계, 알록달록한 문자판 시계. 단야가 들은 것은 그 시계들이 저마다 똑딱이는 소리였다.

여기라면 콘라드의 은색 회중시계가 완벽하게 어울릴 것이다. 단야는 그것을 소파 테이블에 올려놓았다.

자, 이제 무슨 일이 일어날까?

단야는 소파에 앉아서 신문을 뒤적이고, 물 한 잔을 마시고, 게시판에 꽂혀 있는 핀들을 동그랗게 정리했다. 시계들은 똑딱거리며 30분마다 종을 울렸다.

콘라드가 빨리 나타나지 않으면, 열차가 돌아왔을 때 그녀는 별수 없이 열차를 타야만 했다.

그때 작은 움직임이 느껴졌다. 단야는 빠르게 몸을 돌렸다.

제 21 장

오르골

콘라드의 정장은 더 이상 검은색이 아니라 연한 회색처럼 보였다. 머리카락도 거의 보이지 않았다. 그는 평소와 같아 보였지만 사실은 전혀 그렇지 않았다.

"콘라드!"

단야는 콘라드를 향해 빠르게 달려갔다. 단야는 그를 안으려고 했지만 이내 그만두었다. 콘라드는 너무 연약해 보였다. 그 대신 단야는 콘라드 옆에 앉았다.

"기념품이 작동했어."

단야가 은색 회중시계를 가리키며 말했다.

"알아."

심지어 그의 목소리도 전보다 얇게 들렸다.

단야는 손을 들어 올리고 콘라드가 똑같이 따라 할 때까지 기다렸다. 단야의 손은 뚜렷하고 단단했지만, 콘라드의 손은 비닐봉지 안에 있는 것처럼 엷고 흐릿했다.

"아빠가 기계 장치를 고치는 데 성공하기를 간절히 바라고 있어. 오르골이 도움이 되었으면 좋겠네. 만약 그렇게 되지 않는다면 내게 몇 가지 아이디어가 있는데……."

"무섭지 않아?"

단야가 콘라드의 말을 끊었다.

"아니 그게, 너무 창백해 보여서……."

콘라드는 아무 말도 하지 않았다. 많은 시계가 똑딱거리는 소리만 들릴 뿐이었다.

콘라드가 마침내 입을 열었다.

"응, 사실 조금 무서워. 하지만 나는 모두가 다 해결해 줄 거라고 믿어."

"울프가 승객들에게 오르골과 관리인을 찾아보라고 부탁했대. 크로노미터는 정글을 샅샅이 뒤지고 있고. 역들에서 일어난 모든 도난 사건의 뒤에 관리인이 있다고 생각해."

단야는 콘라드를 위로할 수 있는 말을 생각해 내려고 했다. 그는 너무 희미해서 금방이라도 사라질 것만 같았다.

"내가 역들을 다니면서 오르골과 관리인을 찾아보려고 했는데 쉽지 않더라. 계속 다른 곳으로 끌려 다녔거든. 그래서 엄마도 아주 잠깐 봤어. 5번 역의 눈으로 만든 성에서.”

“엄마도 너를 봤어?”

“응, 잠시지만.”

콘라드는 야간열차가 들어오는 소리를 듣고 일어나 창가로 갔다.

“다음 열차에 탈게. 여기 앉아서 더 이야기하고 싶어.”

열차가 승강장에서 멈추고, 문이 열리는 소리가 들렸다. 더 많은 추적자가 열차에서 내리는 것 같았다.

콘라드는 얼굴을 유리에 가까이 대더니 김 서린 창문에 어떤 모양을 그렸다. 톱니바퀴와 화살표처럼 보였는데, 더 그리지 않고 멈추었다.

“저기 좀 봐. 저 멀리에 누군가 움직이고 있어.”

그는 이렇게 말하며 승강장을 가리켰다.

“페리야. 엄마를 찾고 있거든.”

“아니, 아니. 잘 봐. 저기 후드 쓴 여자. 10번 역에서 본 사람이잖아! 빨간 재킷 안 보여?”

단야는 후드를 뒤집어쓴 누군가가 빠르게 걸어가는 것을 보았다. 그녀가 양초 옆을 지나가자 품에 안고 있는 무언가가 보였다. 유리 안에 든 파란 구슬이 단야의 눈에 얼핏 들어왔다.

“저 여자가 오르골을 가지고 있어!”

그들의 외침이 승강장까지 들렸는지, 후드를 쓴 여자가 창문 쪽으로 고개를 돌렸다.

"뛰어! 저 여자에게서 오르골을 가져와야 해!"

콘라드가 소리쳤다.

단야는 콘라드의 은색 회중시계를 단단히 움켜쥐고, 그가 사라지지 않기를 바라며 달리기 시작했다. 그들은 곡물빵 더미에 앉아 있는 페리를 보았다. 그는 먹는 데 너무 집중한 나머지 단야와 콘라드를 알아채지 못했다.

"저쪽이야. 저 여자가 선로를 따라 달리고 있어!"

콘라드가 숲 쪽으로 사라지는 선로를 가리켰다.

서둘러야 했다. 콘라드는 시시각각으로 희미해졌다. 밖에서 보니 더욱 투명해 보였다.

그들은 열차가 지나간 방향으로 선로를 따라 달렸다. 저 멀리 후드를 쓴 여자가 큰 오르골을 안고 어색하게 뛰는 모습이 보였다.

"더 빨리! 더 빨리 뛰어야 해!"

"최대한 빨리 뛰고 있어!"

단야가 재촉하자 콘라드는 숨을 헐떡이며 말했다. 어쨌든 말은 하고 있으니 아직 사라지지는 않은 것이다. 멀리서 빨간 불빛이 보였다.

"저기 봐!"

"분명 다음 역일 거야."

콘라드가 힘겹게 말했다.

단야는 계속 달리면서 계산을 해보려고 했다. 그들은 조금 전에 21번 역을 떠났다. 그렇다면 다음 역은 틀림없이 22번 역일 것이고, 그곳에는 콘라드의 아버지가 말했던 야간열차의 기계 장치가 있을 것이다.

그들은 뛰고 또 뛰었다. 콘라드의 서류 가방이 단야의 다리에 부딪혔다. 목이 타들어 가고 고통스러웠지만, 빨간 불빛은 점점 더 가까워졌다.

마침내 그들은 승강장의 끝에 도착했다.

"우와!"

콘라드가 거의 들리지 않는 목소리로 말했다. 단야는 그것이 무엇을 의미하는지 이해했다.

그들은 이제껏 본 적 없는 가장 큰 기계 앞에 서 있었다. 그 기계는 역사만큼 컸지만, 창문이 없었다. 대신에 벽을 따라 다양한 색깔의 연기와 증기가 틈으로 뿜어져 나왔다. 지붕 위에는 세 개의 거대한 굴뚝이 쉿소리를 내며 하얀 연기를 내뿜었다.

벽은 검고 반짝였으며, 큰 톱니바퀴들이 붙어 있었다. 그것들은 서로 맞물려 돌아가고 있었고, 그 사이로 긴 선로가 지나갔다. 선로가 간간이 톱니바퀴에 부딪힐 때마다 승강장 전체에

메아리가 울려 퍼졌다. 검은 문 위에는 은색의 크로노미터 로고가 보였다.

즉, 이곳이 할아버지가 만든 작품이었다. 여기에는 야간열차가 추적자들을 실종자에게 데려다 줄 수 있도록 도와주는 기계가 있었다. 단야는 송신기가 어떻게 작동하는지, 할아버지는 당신의 아버지를 만난 적이 있는지, 오르골은 어디서 왔는지 등 할아버지에게 물어보고 싶은 것이 천 개도 넘었다.

"저 안으로 들어가야 해."

단야가 말했다. 그들은 문 안으로 뛰어 들어갔다. 안쪽은 소리가 너무 커서 고막이 터질 것만 같았다. 끊임없이 덜컹거리고, 똑딱거리고, 쉭쉭거리고, 쿵쿵거렸다. 심지어 그곳에는 톱니바퀴가 훨씬 더 많았고, 큰 열차 바퀴처럼 생긴 것도 있었다. 그것들은 선로를 따라 움직이고 있었다.

관리인은 어디에도 보이지 않았다. 단야는 더 안쪽으로 살금살금 들어가려고 했지만, 콘라드가 창백한 손가락을 입에 가져다 대고, 다른 손으로는 위쪽을 가리켰다.

내부의 벽을 따라 나선형 계단이 문까지 이어져 있었다. 문은 크기가 작고 검은색이어서, 누군가 안에서 막 닫지 않았다면 놓칠 뻔했다.

단야와 콘라드는 최대한 조용히 계단을 올라 문으로 다가갔다. 문에는 작고 더러운 창문이 있었다. 단야는 까치발을 하고 서서 안을 들여다보았다. 방은 비좁고 어두웠으며, 선반에는 다양한 색깔의 액체가 담긴 병들이 놓여 있었다.

"여기엔 아무도 없어."

단야가 속삭였다. 콘라드가 서 있던 자리에는 그의 윤곽만 보였다.

"아직은 내 말 들리지?"

단야는 누군가 고개를 끄덕이는 듯한 희미한 움직임을 느꼈다. 시간이 없었다. 단야는 손잡이를 조심스럽게 내려 문을 열었다. 샴푸와 기름, 그리고 음식 냄새가 뒤섞인 묘한 냄새가 났다. 단야는 문이 닫히지 않도록 확인하며 콘라드가 따라 들어오기를 바랐다.

방 한가운데에는 복사기 같이 생긴 기계가 있었고, 그 옆에는 더 많은 병이 놓여 있었다. 거기에서 나는 냄새였다. 단야가 초록색 액체가 든 병을 향해 몸을 굽히자, 야외 화장실 냄새가 났다.

단야는 더 안쪽으로 살금살금 들어가 찬장과 선반 뒤를 들여다보았다. 선반에는 오래된 양철 자동차와 장난감, 악기들이 가득했다. 모두 태엽을 감아야 움직이는 것들이었다. 단야는 심지어 벽장에서 작은 피아노까지 찾아냈지만, 후드를 쓴 여자는 어디에도 없었다. 아마도 이곳에 태엽이 달린 기념품들을 한데 모아둔 것 같았다.

단야가 슬그머니 밖으로 나오려는 순간, 누군가 재채기를 참는 소리가 들렸다. 단야는 재빨리 돌아섰다. 단야가 벽이라고 생각했던 것이 사실 검은 커튼이었다. 옆에서 보이지 않는 손이 커튼을 걷어 올렸다. 콘라드! 그는 여전히 함께 있었다!

커튼 뒤에는 12번 역의 관리인이 서 있었다. 그녀는 검은색 셔츠에 검은색 치마와 흰색 앞치마를 입고 있었다.

관리인? 저 여자가 여기서 무엇을 하는 걸까?

단야는 모든 단서를 하나로 맞추려고 노력하면서 관리인을 응시했다. 울프가 크로노미터는 관리인을 고용한 적이 한 번도 없다고 말했다. 단야는 망설였다.

"빨간 재킷을 입은 여자를 본 적 있나요?"

마침내 단야가 물었다. 관리인은 천천히 고개를 저었다.

"당신이 가져간 오르골은 어디에 있나요? 후드를 쓴 여자에게 준 건가요?"

관리인이 대답하기도 전에 쿵 소리가 들렸다. 마치 누군가 조심스럽게 굴리는 것처럼 오르골이 천천히 굴러왔다.

"콘라드! 찾았어!"

단야와 관리인은 동시에 오르골을 향해 몸을 던졌다. 그들의 어깨가 부딪히며 단야는 크게 밀려났다. 콘라드가 보이지 않는 손으로 오르골을 잡았지만, 관리인에게 빼앗기고 말았다.

"돌려줘! 그는 지금 사라지고 있다고!"

단야가 소리쳤다. 단야가 앞으로 몸을 던지면 관리인이 물러났다. 그들은 이 행동을 연거푸 반복했다. 아까까지 선반에 있던 병들이 갑자기 관리인을 향해 날아가기 시작했다. 병들은 하나씩 관리인과 그녀의 뒤에 있는 벽에 부딪혀 깨졌다. 방 안은 장미꽃, 닭장, 타르, 초콜릿 향이 뒤섞인 냄새로 가득 찼다.

'콘라드는 여전히 함께 있어.'

단야는 이렇게 생각하며, 관리인의 머리 위로 갈색 액체가 담긴 병이 박살 나는 것을 보고 미소를 짓지 않을 수 없었다.

그들은 점점 더 빠르게 움직였다. 단야는 이제 오르골에 가까워졌고, 곧 잡을 수 있을 것 같았다. 콘라드는 병 하나를 집어 관리인을 향해 정확하게 던졌다. 그녀가 비틀거리는 순간, 단야가 앞으로 돌진했다. 그러나 단야의 발에 무언가가 걸리는 바람에, 더러운 바닥에 큰대자로 넘어지고 말았다.

무릎을 세게 부딪힌 단야가 큰 소리로 비명을 지르는 사이, 관리인은 문밖으로 사라졌다.

단야는 자신의 발에 걸린 것을 잡아당겼다.

그것은 후드가 달린 커다랗고 빨간 재킷이었다.

제 22 장

관리인의 정체

단야는 후드를 쓴 여자의 빨간 재킷에 걸려 넘어졌다. 이 재킷은 왜 여기 있는 걸까? 그리고 관리인은 콘라드의 오르골을 가지고 어디로 사라졌을까?

발을 빼낸 단야가 나선형 계단을 뛰어 내려가 기계실로 갔다. 톱니바퀴를 돌리는 커다란 피스톤들이 쿵쿵거리고 쉭쉭거렸다. 증기 때문에 거의 앞을 볼 수 없었다. 분명 여기 어딘가에 관리인이 있을 것이다.

"어디로 갔을까?"

콘라드는 더 이상 보이지는 않았지만, 여전히 단야의 말을 들을 수 있을지도 몰랐다.

"그 여자가 어느 방향으로 달렸어?"

단야는 입구 쪽에서 무언가 펄럭거리는 것을 느꼈다. 그녀는 그것이 콘라드의 투명한 손이라고 확신했다. 단야는 승강장으로 뛰어나가 사방을 둘러보았다.

22번 역 이후로는 야간열차가 갈 수 있는 역이 없었다. 선로는 어둠 속으로 사라졌다. 만약 관리인이 그쪽으로 달려갔다면 단야가 더 쫓아가기는 어려웠다.

"콘라드?"

단야의 목소리가 어둠 속으로 사라졌다. 마치 주변에 숲이 아닌 절벽과 낭떠러지만 있는 것 같았다. 선로 옆에 있던 돌 몇 개가 덜거덕거렸다.

"콘라드, 거기 있어?"

단야는 몸을 돌려 그들이 방금 지나온 쪽을 바라보았다. 저 멀리서 무언가 움직이는 게 느껴졌다.

"그 여자인가?"

돌들이 더 격렬하게 덜거덕거렸다. 콘라드는 단야가 방금 달려온 길로 다시 뛰어가기를 원하는 것 같았다.

단야는 숨이 차서 생각을 제대로 할 수 없었지만, 콘라드가 여전히 옆에 있기를 바랄 뿐이었다. 이따금씩 그의 서류 가방이 단야의 다리에 부딪히는 것 같은 느낌이 들었다.

그들은 서로를 알게 된 지 며칠밖에 되지 않았지만, 단야는 콘라드가 이대로 영원히 사라진다면 어떨지 상상조차 할 수 없었다. 단야는 얼마나 외로울 것이며, 콘라드의 엄마와 아빠는 뭐라고 할까?

단야는 반드시 관리인을 쫓아가야만 했다!

폐는 타들어 가는 것 같고, 다리도 아팠지만, 마침내 양초가 켜진 역사가 눈에 들어왔다. 선로 위에는 여전히 야간열차가 서 있었고, 단야는 열차를 보고 안도의 한숨을 쉬었다. 이제는 도움을 받을 수 있을 것이다.

"울프, 관리인이요! 그 여자가 오르골을 가져갔어요!"

단야가 소리쳤다.

소매를 걷어붙인 채 쭈그려 앉아 있던 울프는 단야가 달려오자 곧바로 일어났다.

"관리인? 그 여자가 여기 있나요?"

울프가 사방을 둘러보았다.

"22번 역에 있었어요! 그 여자가 오르골을 가지고 이쪽으로 달려갔어요!"

울프는 헝겊으로 손을 닦으면서 승강장으로 한 발 내디뎠다.

"나는 그 여자를 보지 못했지만, 열차 바퀴를 점검하는 사이에 지나갔을 수도 있어요."

이미 너무 늦은 걸까?

"콘라드! 내 말이 들리면 손을 흔들어!"

하지만 단야의 눈에는 오직 촛불의 그림자만 보였다. 단야는 사방을 유심히 관찰했지만, 콘라드의 흔적은 어디에서도 찾을 수 없었다.

울프는 무언가 말하려고 입을 열었지만, 누군가가 열차 안에서 창문을 두드리는 소리에 가로막혔다.

"단야! 내가 오르골을 가지고 있어!"

난다!

단야가 열차에 뛰어오르고, 울프가 바짝 뒤를 따랐다. 빨간 좌석들 사이에 난다가 서 있었다.

"다음 열차를 탔거든. 너를 돕고 싶어서 관리인과 오르골을 찾았는데, 한 번 봐!"

난다는 오르골을 트로피처럼 들어 올리며 이리저리 왔다 갔다 했다. 난다는 언제라도 넘어질 것 같았다. 단야는 누군가 난다 뒤에 웅크리고 앉은 채 낑낑거리며 일어나려고 한다는 것을 알아차렸다.

관리인!

"그 여자가 오르골을 가지고 있는 걸 보고 다리를 걸어 넘어뜨렸지."

난다는 아주 쉬운 일이었다는 듯 말했다.

울프가 그들을 보고 큰 소리로 뭐라고 외쳤지만, 단야의 귀에는 들어오지 않았다. 단야는 오르골을 향해 몸을 던졌다. 이제 정말 시간이 없었다. 어쩌면 이미 늦었을지도 몰랐다. 단야는 열쇠를 꺼내 오르골에 꽂았다.

투레가 22번 역의 기계 장치에 수신기가 있고, 오르골에는 송신기가 있다고 말한 적이 있었다. 단야는 그것이 어떻게 생겼는지 몰랐지만, 투레의 말이 맞기를 바랐다.

관리인은 단야를 막으려고 했지만, 울프가 고개를 저었다.

"이제는 단야가 해야 합니다."

단야는 오르골 아래의 자물쇠에 열쇠를 넣었다. 열쇠가 꽂히자 '딸깍' 소리가 났다.

먼저 열쇠를 한 번 돌렸다.

아무 일도 일어나지 않았다.

"두 번이야. 할머니가 열쇠는 반드시 두 번 돌려야 한다고 하셨어."

난다의 말에 단야는 고개를 끄덕였다. 그녀도 알고 있었다.

단야는 아버지를 찾으러 떠난 콘라드와 깊은 슬픔에 잠긴 나머지 자신을 놓아버린 외증조할아버지를 떠올렸다. 그리고 할머니를 찾으며 울던 자신의 엄마와 모든 역을 다니며 엄마를 찾고 있는 페리를 떠올렸다.

그리고 건망증이 너무 심해져 더 이상 단야가 누구인지조차 기억하지 못하는 할머니를 생각했다.

단야가 열쇠를 돌리기만 하면, 야간열차는 진짜 선로로 바뀔 것이다. 할아버지가 의도했던 대로. 실종자들은 더 이상 시간에 끌려다니지 않고 추적자들처럼 야간열차에 탈 수 있으리라. 그러면 할머니는 다시 집으로 돌아올 수 있을 것이다.

단야는 열쇠를 한 번 더 돌렸다.

처음에는 아무 일도 일어나지 않았다. 단야와 난다는 서로를 바라보았다. 오르골이 작동하지 않으면 어떻게 해야 하지?

여전히 콘라드는 보이지 않았다. 단야는 객차 안을 구석구석 살펴보았다. 그때 열차가 갑자기 너무 심하게 흔들리는 바람에, 단야는 거의 넘어질 뻔했다.

이윽고 오르골이 단야의 손 위에서 진동하기 시작했다. 그러고는 천천히 멜로디가 흘러나왔다. 단야는 바로 그 멜로디를 알아들었다. 그것은 난다가 19번 역에서 오케스트라와 함께 연습했던 크로노미터의 행진곡이었다. 할머니가 흥얼거리던 바로 그 곡.

그때 유리 돔 안의 파란색 구슬이 회전하기 시작했다. 그러자 구슬 위로 초록색 반점들이 생겨났는데, 마치 푸른 바다 위로 육지가 드러나는 것처럼 보였다.

야간열차는 계속 흔들렸고, 열차 전체에 거대한 힘이 모이는 것 같더니 천천히 앞으로 움직이기 시작했다. 아무도 손쓸 틈 없이, 울프가 난다를 옆으로 살짝 밀어 관리인을 일으켜 세웠다.

"어서, 비르기트! 열차가 출발하잖아!"

단야는 얼떨떨한 표정으로 울프를 바라보았다. 울프는 관리인을 알고 있었던 걸까?

관리인은 열차가 점점 빨라지자 객차 사이를 달려갔고, 곧 앞쪽 객차로 사라졌다.

열차는 21번 역을 뒤로 하고 22번 역을 향해 더욱 빠르게 속도를 냈다. 창밖으로 거대한 기계가 보였고, 기어와 톱니바퀴가 전보다 더 빠르게 회전하고 있었다.

굴뚝에서 뿜어내는 연기는 흰색에서 파란색, 노란색, 빨간색으로 바뀌었다. 톱니바퀴의 시끄러운 소리 너머로 누군가 호루라기를 반복해서 부는 소리가 들렸다.

날카로운 소리가 들렸고 멜로디가 더욱 커졌다. 열차는 오른쪽으로 방향을 돌려 숲속으로 달려 나갔다.

울프는 앞 좌석을 꽉 붙들고 있었다. 그는 차장 모자를 비뚤게 쓴 채로 단야에게 애써 웃어 보이려고 했지만, 멀미를 하는 것 같았다.

"나는 야간열차가 22번 역을 넘어가는 걸 한 번도 본 적이 없어요."

울프가 겨우 입을 뗐다.

열차는 더 속도를 높였고, 선로에 부딪히며 쾅 소리가 났다. 난다는 큰 소리로 웃었다.

"제대로 작동하네! 오르골이 할아버지가 생각했던 대로 작동하고 있어. 우리가 전체 선로로 바꾼 거야."

검은 숲은 점점 더 빠르게 휙휙 지나갔다. 울프는 손수건을 꺼내 이마를 닦았다.

"이리로 오세요."

울프는 단야와 난다에게 손짓하며 말했다.

그들은 비틀거리며 울프를 따라 객차를 지나, 작은 연결부를 건너 다음 칸으로 갔다. 열차가 이리저리 흔들리는 바람에 몇 번이고 넘어질 뻔했다. 그들은 기관차 바로 뒤의 빈 객차를 거쳐 좁은 문이 달린 곳에 다다랐다.

울프가 문을 열자, 관리인이 등을 돌리고 서 있었다. 한 손으로는 핸들을, 다른 한 손으로는 조종간을 꽉 잡고 있었다. 그녀는 너무 깊이 집중한 나머지 그들이 들어온 것도 눈치채지 못했다.

"비르기트! 이제 설명할 게 많겠군요."

울프가 말하자, 관리인은 급히 몸을 돌렸다.

"저 여자를 아세요? 관리인을요?"

단야의 질문에 울프는 고개를 저었다.

"아뇨. 관리인이 누군지는 몰라요. 이 사람은 비르기트예요. 기관사죠."

“기관사라면, 열차 안의 냄새를 정하는 사람 말인가요?”

울프는 턱수염을 긁적였다.

“맞아요. 그 사람이에요. 그런데 도대체…… 왜 그런 옷을 입
고 있는 거죠?”

제 23 장

올바른 선로

관리인은 천천히 앞치마를 풀고 검은색 치마를 벗었다. 안에
는 크로노미터의 로고가 새겨진 짙은 파란색 바지를 입고 있었
다. 그녀는 뒷주머니에서 울프가 쓰고 있는 것과 똑같은 파란
색 모자를 꺼냈다.

단야는 그녀를 뚫어지게 바라보았다. 그녀가 몸을 앞으로 기
울이는 모습이 어쩐지 낯익었다. 저 사람은 분명히…… 드디어
단야는 그녀가 누군지 알아차렸다!

"당신은 10번 역에 있던 후드를 쓴 여자군요! 그래서 기계실
에 빨간 재킷이 있었던 거예요! 우리가 당신을 알아보지 못하
게 재킷을 옷 위에 입고 있었죠. 당신은 줄곧 오르골을 손에 넣
으려고 했던 거예요!"

울프는 기관실 벽에 힘없이 기댔다.

"이제 설명해 보세요. 왜 그렇게 오르골을 갖고 싶어 했죠?"

단야는 울프가 무언가를 들으면서 메모하지 않는 모습은 처음 본다고 생각했다.

"그건 내가 나 자신을 놓아버리면서 시작되었어. 당신도 알다시피, 우리 실종자들의 사연도 다 거기서부터 시작했지."

비르기트는 말을 꺼냈다. 울프가 그녀의 말을 가로막았다.

"당신은 실종자인가요?"

"내가 실종된 지는 몇 년이 지났어. 그러다 1번 역에서 역장을 만났지."

"그분이 저희 할아버지세요."

난다와 단야가 한목소리로 말했다.

"역장님이 직원들은 시간에 끌려다니지 않는다고 말씀해 주셨거든. 그들은 시간표를 책임지기 때문에 시간 위에 있다면서. 나는 그 말이 마음에 들었고, 역장님은 내게 기관차를 운전하는 법을 알려주셨어."

비르기트는 미소를 지었다. 그녀가 웃으니 전혀 무서워 보이지 않았다.

"처음으로 야간열차를 혼자 운전했을 때보다 행복했던 적은 없었어. 아프고 나서는 과거에 좋아했던 일을 할 수 없게 되었었는데, 내가 열차를 운전하다니⋯⋯. 너희들은 이해 못 해! 크로노미터에서 일하는 건 내게 일어난 최고의 기적이라고."

그녀의 목소리가 갈라졌고 울프는 그녀의 팔을 쓰다듬었다.

"그렇군요. 슬퍼할 필요는 없어요. 우리가 알고 싶은 건 오르골뿐이에요. 왜 당신이 그걸 가져갔나요?"

비르기트는 대답할 틈이 없었다. 갑자기 야간열차의 창밖이 터널을 빠져나온 것처럼 밝아졌다. 창밖으로 기차 건널목 근처에서 기다리는 자동차들과 공항, 그리고 우편물 분류 센터가 보였다.

야간열차가 원래 달리던 선로에 더 많은 선로들이 합류했다. 다른 열차가 야간열차 옆을 지나갔고, 단야는 신문을 읽고 있는 아저씨와 짐칸에 여행 가방을 올리고 있는 아주머니를 보았다.

"그렇군요."

울프는 이렇게 말하고 바깥을 더 잘 보려고 창문 쪽으로 몸을 기울였다.

"역에 거의 다 온 것 같네요. 정말 다사다난한 밤이었어요."

크로노미터의 행진곡이 점점 느려졌다. 야간열차가 속도를 줄이고, 승강장이 조금씩 선로 옆으로 모습을 드러냈다. 마침내 야간열차는 큰 숨을 내쉬며 멈췄다. 오르골에서 마지막으로 딸랑딸랑 소리가 들리더니 객차 안은 고요해졌다.

"우리 내릴까요? 어디에 도착했는지 봐야 하지 않겠어요?"

이윽고 단야가 입을 열었다. 울프는 모자를 바로 썼다.

"그래요. 내가 먼저 가는 게 좋겠어요. 크로노미터는 승객들을 위험에 빠뜨리고 싶어 하지 않거든요."

울프가 문을 열고 승강장으로 내려갔다. 다른 사람들도 그의 뒤를 따랐다.

야간열차는 역사에서 가장 멀리 있는 승강장에 서 있었다. 선로는 거의 잡초로 뒤덮였지만, 울프가 크로노미터의 로고가 있는 녹슨 표지판을 가리켰다.

"맞아요! 여기가 23번 역입니다. 그 말인즉슨, 이 역 너머에 24번 역이 이어진다는 뜻이죠. 훌륭해요, 훌륭해. 야간열차가 마침내 모든 구간을 운행할 수 있게 되었다는 의미입니다. 우리는 이제 빨간 양초가 켜진 곳이라면 전 세계 어디서든 멈출 수 있어요."

역사는 할머니의 집과 전혀 달랐다. 이곳이 훨씬 더 컸고, 심지어 유리 지붕과 에스컬레이터도 있었다. 종이컵과 휴대폰을 든 사람들이 바쁘게 지나갔다.

단야는 주위를 둘러보았다. 콘라드는 어디에 있는 걸까? 단야가 오르골을 너무 늦게 돌린 걸까?

난다가 미소를 지으며 객차를 가리켰다. 단야는 그녀의 시선을 따라가다가 콘라드를 발견하고 비명을 질렀다. 그의 정장은 다시 검은색이 되었고, 머리카락도 하나하나 다 보였다. 피부도 더 이상 투명하지 않았다.

"잠시 사라졌다 돌아온 사람이 누구게!"

콘라드가 장난스럽게 말했다. 단야는 콘라드에게 달려가 그를 끌어안았다. 스웨터에 콘라드의 정장이 닿는 것이 느껴졌다. 콘라드가 다시 나타났다! 그들은 마침내 해냈다!

"관리인에게 병을 던질 때 정말 멋졌어."

"나도 알아! 나 물건 던지는 거 꽤 잘하거든."

단야와 난다, 그리고 콘라드는 다른 사람들을 따라 큰 역사로 향했다. 단야는 웃음을 멈출 수가 없었다. 콘라드가 돌아왔다. 그를 구해내는 데 성공한 것이다!

그들은 물품보관함과 에스컬레이터가 있는 큰 대합실로 들어갔다. 곳곳에 작은 카페와 매점이 있었다. 승객들은 샌드위치와 오렌지 주스를 사고, 신문과 가방을 들고 표를 확인했다.

"실종자들만 야간열차를 탈 수 있을 줄 알았는데…… 우리가 선로를 바꾼 뒤에는 전 세계의 모든 사람이 야간열차를 탈 수 있는 것 같아."

단야가 말했다.

그들은 빈 테이블을 찾았고, 울프는 자신의 수첩을 꺼냈다. 그는 펜으로 비르기트를 가리키며 물었다.

"내게 설명해야 할 것들이 좀 있어요. 당신이 관리인으로 분장하고 추적자들이 12번 역에 두고 온 기념품들을 가져간 건가요?"

울프는 펜으로 수첩을 두드리며 덥수룩한 눈썹을 치켜올렸다. 비르기트는 천천히 입을 열었다.

"12번 역이 딱 좋았지. 당신이 항상 그곳에서 쉬었으니까."

그녀는 아주 잠깐 미소를 지었다.

"당신이 기계에 대해 잘 모르는 게 내게는 행운이었어. 야간 열차가 멈춘 건 내가 운전하지 않아서인데, 전혀 알아채지 못했지. 열차가 오래 멈출 때마다 매번 바퀴를 고치려고 했잖아."

울프는 헛기침을 했다.

"흠, 그렇군요. 바로 그거였군요."

울프는 그녀를 다시 펜으로 가리켰다.

"그러니까 당신은 도둑질을 한 거죠?"

"아니, 나는 빌린 것뿐이야. 모두 다 돌려줬다고!"

비르기트는 주머니를 뒤져 노란 양철 자동차를 꺼냈다.

"방금 이걸 찾았는데, 아직도 잘 작동해. 들어 봐. 어젯밤에 돌려주려고 했던 거야."

그녀가 자동차의 태엽을 돌리자, 자동차가 덜컹거리며 움직였다.

"10번 역에서는 양철 오리를 테스트한 건가요?"

단야가 물었고, 비르기트는 고개를 끄덕였다.

"12번 역에서 가져온 거였지. 테스트한 뒤에 다시 10번 역에 두려고 했어."

"그런데 왜 그렇게 화를 낸 거예요? 저는 그저 할머니의 선 샤인 브레드를 갖고 싶었을 뿐이에요."

이번에는 비르기트가 대답하기까지 시간이 더 오래 걸렸지 만, 곧 그녀는 결심한 듯 말을 쏟아냈다.

"나는 수년 동안 관리인 행세를 하면서 태엽을 돌릴 수 있는 모든 물건을 모으고 있었어. 누군가가 태엽을 돌려야 작동하는 장난감이나 시계 같은 것들을 맡길 때마다, 그걸 22번 역의 내 방으로 가지고 와서 조사했어. 꼭 알맞은 기념품이 나타나기만 을 내내 기다렸지."

"알맞은 기념품이요?"

울프가 물었다.

"저 아이의 할아버지가 처음에는 야간열차를 지방 노선에서 테스트했다고 했어. 하지만 야간열차가 완성되고 나면 더 거 대한 선로로 바뀔 거라고 했지. 그는 22번 역에 있는 기계의 수 신기를 보여주며 작업이 완료되는 대로 테스트를 해보자고 하 더군. 내가 그건 좋은 아이디어가 아닌 것 같다고 했더니, 내게 화가 난 것 같았어. 그래서 송신기가 무엇인지 알려주지 않았 지. 오직 '돌려야 작동하는 것'이라고만 알려줬어. 나는 열쇠에 대해서는 아무것도 몰랐다고. 그가 말해 주지 않았으니까. 저 아이가……."

비르기트는 말을 멈추고 단야를 가리켰다.

"……10번 역의 역장실로 들어왔을 때, 내가 하는 일을 들킬까 봐 두려웠어. 그런데 그 멍청한 오리가 혼자서 제멋대로 작동하는 바람에 저 아이가 거기에 있던 오르골을 찾은 거지. 오르골이 오랫동안 그 방에 있었는데도 나는 여태 몰랐어. 난 화가 치밀었어! 오르골은 닐스나 사용할 법한 우스꽝스러운 물건이라고!"

울프는 여전히 고개를 저었다.

"그렇지만 내가 도와줄 수도 있었잖아요. 왜 나에겐 아무 말도 하지 않은 거예요?"

"너는 이해 못 해. 나는 야간열차가 이 선로로 바뀌지 않기를 바랐어! 그래서 오르골을 망가뜨리려고도 했지만, 쉽지 않았지. 21번 역에 내려서 작업실로 들어가 열쇠 구멍을 막아버리려고 했는데, 그때 저 아이들이 나를 본 거야."

"당신은 야간열차가 제대로 작동하는 걸 원하지 않나요?"

울프가 손짓으로 주변 사람들을 가리키며 말했다.

"여기 있는 모든 사람이 야간열차를 타고 사라진 가족들을 만날 수 있다고 생각해 보세요. 누군가를 잃어버린 모든 이들이 이제 다시 그들과 만날 수 있다고요. 이건 단야의 할아버지와 콘라드의 아빠가 이룬 놀라운 업적이에요!"

비르기트는 두 손으로 얼굴을 가리고 앞뒤로 몸을 흔들었다. 그녀가 뭐라고 하는지 거의 들을 수 없었다.

“크로노미터 말고는 아무도 나를 고용하지 않아. 나는 머리를 크게 다쳐서 다른 일은 구할 수가 없어. 다시 돌아가면 어떻게 될지 알고 있다고. 그저 종일 소파에 누워 있을 거고, 그리고……”

그녀는 말을 멈추었다.

“나는 두려워! 다시 돌아가고 싶지 않아!”

울프가 눈썹을 찌푸렸다.

“왜 당신이 남지 못할 거라고 생각해요? 당신이 아니면 누가 열차를 운전하겠어요?”

비르기트는 얼굴에서 천천히 손을 뗐다.

“내가 남아도 된다고?”

“물론이죠. 당연히 남으셔야 해요. 우린 당신이 필요해요. 당신은 기관사잖아요!”

비르기트는 침을 몇 번 삼키더니, 이내 활짝 웃었다.

“그럼…… 냄새 조절 장치를 개발할 시간이 더 생기겠네. 최근에는 여유가 없어서 못 했거든.”

“당신의 기분에 따라 객차에서 나는 냄새 말이죠? 저는 그게 이 열차에서 제일 좋아요.”

콘라드가 말했다.

“그건 아주 간단해. 나처럼 완두콩 수프를 좋아하면……”

단야가 그녀의 말에 끼어들었다.

“완두콩 수프를 좋아하세요?”

비르기트는 고개를 끄덕였다.

“그럼 케첩을 뿌린 구운 소시지도 좋아하세요?”

비르기트는 한 번 더 고개를 끄덕였다.

“토마토를 키우는 온실도 가지고 있었고요?”

“예전에 가지고 있었지.”

단야는 모든 게 이어지고 있다는 것을 깨달았다.

“혹시 페리의 어머니인가요?”

비르기트는 침을 몇 번 더 삼켰다.

“네가 페리를 아니?”

그녀의 목소리가 떨렸다.

“페리는 당신을 찾으러 모든 역을 돌아다녔어요. 하지만 당신이 한 번도 나타나지 않아서 분실물 보관함이 당신의 기념품으로 가득해요.”

“페리가 나를 찾고 있다고?”

“확실해요! 페리는 케첩 병하고 꿀단지, 그리고 검은지빠귀를 남겨놓았어요. 이것 말고도 더 있을 거예요.”

“전혀 몰랐어. 나는 페리가 나를 버리고 싶어 할 거라고 생각했어. 내가 예전처럼 일을 할 수 없게 되었으니까. 나를 돌볼 필요가 없다면 훨씬 더 편하게 살 수 있잖아.”

울프가 고개를 저었다.

“실종자들은 모두 다 그렇게 생각하죠. 사랑받기 위해서는 늘 즐겁고, 재미있어야 하고, 언제나 예전처럼 완벽한 모습이어야 한다고요.”

“하지만 꼭 그럴 필요는 없어요. 우리는 할머니가 연세도 많으시고 기억력이 흐려지셨어도 여전히 할머니를 좋아해요.”

난다의 말에 단야는 고개를 끄덕였다.

“할머니가 우리를 사랑한다는 사실을 기억하지 못할 수도 있지만, 우리는 할머니를 사랑해요. 그걸로 충분하죠.”

콘라드가 비르기트의 팔을 토닥였다. 그녀는 조심스럽게 미소를 지었다.

“난 페리를 찾아봐야겠어. 너무 보고 싶거든.”

난다는 큰 여행 가방과 종이컵을 들고 지나가는 사람들을 둘러보았다.

“실종자들이 모두 집으로 돌아올까요?”

그녀의 물음에 울프는 수염을 긁적였다.

“확실하진 않아요. 두고 봐야겠죠. 어쨌든 크로노미터는 이렇게 발전한 것에 매우 만족할 거예요. 인쇄된 안내 책자들을 드디어 사용할 수 있겠네요.”

그는 일어나서 벽에 걸린 시간표 위의 커다란 시계를 가리켰다.

"이제 집으로 돌아갈 시간이에요. 여러분의 부모님이 곧 잠에서 깨어나실 거예요. 그분들을 걱정하게 해서는 안 돼요. 나와 비르기트가 야간열차를 차고지까지 운행할 테니, 여러분은 빨리 집으로 돌아가세요."

울프는 지난번처럼 얼굴을 살짝 찡그리며 큰 호루라기를 불었다. 단야는 그가 했던 말이 기억났다. 큰 호루라기를 불 때마다 이가 몹시 아프다는 것을.

호루라기 소리가 한 번, 두 번, 세 번 들렸다.

제 24 장

함께

크리스마스이브 아침이었다. 단야는 침대에 누워 여전히 하늘에 떠 있는 별들을 바라보았다. 비르기트가 자신의 아들 페리와 만났을지 궁금했다. 그녀가 아들을 찾아봐야겠다고 이야기했으니까. 그리고 잠에서 깬 마리나가 집에 돌아와 자신의 침대에 누워 있는 콘라드를 발견했을지도 궁금했다.

누군가 방문을 조심스럽게 노크하는 소리가 들리더니, 난다가 살금살금 들어왔다.

"자고 있어?"

난다가 속삭였다. 단야는 일어나 침대에 앉았다.

"잠이 안 오네."

"주방에 가서 뭘 좀 먹을까?"

두 사람은 조용히 계단을 내려가서 샤프란 빵과 생강 쿠키를
꺼냈다.

"엄마랑 아빠는 밤새 나가서 할머니를 찾았던 것 같아. 할머
니는 아직 집에 돌아오지 않으셨고."

"엄마 아빠가 알면 너무 기뻐하실 텐데. 우리 모두 함께 할
머니를 데리러 갈 수 있으면 얼마나 좋을까."

난다가 샤프란 빵을 한 입 베어 물었다.

"하지만 엄마랑 아빠가 야간열차를 믿지 않으신다면 네가
할 수 있는 건 아무것도 없어."

그렇게 말하는 난다는 꽤 어른스러웠다. 그녀는 할머니가 평
소에 하던 것처럼 고개를 갸웃했다.

엄마와 아빠는 점심시간이 거의 다 되어서야 부엌으로 내려
왔다. 단야는 당근 캐서롤을 데웠고, 난다는 청어 병조림 몇 개
를 꺼냈다.

"얘들아, 식사를 준비해 주다니 정말 고맙구나. 올해 크리스
마스는 너희가 생각한 대로 되지 못해서 미안해. 평소에 하던
대로 준비할 힘이 없었어."

엄마가 말했다.

"우리도 할머니가 보고 싶어요. 할머니가 안 계시니 크리스
마스가 예전 같지 않아요."

"우리는 우리가 할 수 있는 최선을 다해야지."

아빠가 말하는 순간, 초인종이 울렸다.

손님들이 부엌으로 들어오자, 놀란 엄마가 급하게 일어서는 바람에 의자가 넘어졌다.

"콘라드! 돌아온 거니? 내가 얼마나 걱정했는지 몰라!"

엄마는 코를 훌쩍이며 콘라드의 뒤를 따라 들어온 마리나를 껴안았다. 마리나는 단야를 향해 한 쪽 눈을 찡긋하고는 큰 소리로 말했다.

"우리 아들이 돌아올 수 있었던 건 남편 덕분이에요."

투레가 부엌으로 들어왔다. 그는 단야가 13번 역에서 만났을 때 입었던 파란색 작업복 차림이 아니었다. 정장에 넥타이를 맨 그의 모습이 콘라드와 똑 닮아 있었다.

투레는 단야를 한쪽으로 데리고 가서 속삭였다.

"내가 크로노미터에서 일하게 되었어! 그들이 기계 장치를 완성한 사람이 바로 나라는 걸 알게 되었거든. 그들은 내가 없으면 안 된다고 했어."

그는 특유의 떠들썩한 웃음을 터뜨렸다. 콘라드가 그 소리를 듣고 다가왔다.

"나랑 엄마는 아빠를 도울 거야. 이제 모두가 야간열차를 탈 수 있게 되었으니, 앞으로는 기계 장치가 고장 나지 않도록 해야 해."

식탁은 조금 비좁았지만, 아빠는 서로 좋아하는 사람들끼리는 아무리 가까이 앉아도 괜찮다고 말했다. 모두 함께 콘라드가 돌아온 것을 축하하며 건배했다.

그들은 저녁 내내 그렇게 앉아 있었다.

마리나는 콘라드를 거듭 안아주었고, 콘라드는 자신의 아빠가 하는 모든 말에 웃음을 터뜨렸다.

단야의 엄마는 몇 번이나 손수건을 꺼내 들었고, 할머니가 언제라도 나타날 것처럼 계속 승강장을 힐끔거렸다. 단야는 식탁 밑으로 엄마의 손을 잡았다.

어느새 어둑해지기 시작했다. 난다가 세 번째로 생강 쿠키 통을 열었을 때, 누군가 문을 두드리는 소리가 들렸다.

"크리스마스이브에 누가 온 거지? 단야야, 네가 가서 문을 열어줄래?"

단야가 문을 열자, 큰 상자를 마주했다. 상자 뒤로 검은 수염이 보였다.

"누구세요?"

아빠가 단야 뒤에서 물었다.

"이분은……."

단야가 망설이는 동안, 울프가 상자를 계단에 내려놓고 안으로 들어왔다.

그는 평소처럼 차장 모자를 쓰고 있었고, 주머니에는 수첩이

삐져나와 있었다. 울프는 곧장 부엌으로 들어갔다.

'모든 역사가 거의 비슷하게 생겨서 그런지 울프는 당연히 길을 아는구나.'

단야가 속으로 생각했다.

"안녕하세요. 메리 크리스마스입니다. 야간열차의 차장으로 일하고 있는 울프라고 합니다."

"차장이요? 여기엔 몇 년 동안 열차가 다니지 않았어요. 이 역은 폐쇄되었거든요."

아빠가 말했다.

"저는 야간열차의 차장입니다."

"야간열차요?"

엄마와 아빠는 울프를 바라보다가, 또 단야를 쳐다보고, 다시 울프에게로 시선을 돌렸다.

"농담하시는 건가요?"

"절대 아닙니다."

울프는 차장 모자에 손을 올리고 경례하며 말을 이었다.

"여러분을 승강장으로 모셔도 될까요?"

엄마와 아빠는 서로 갈팡질팡하다가 콘라드의 가족이 곧바로 일어서자 그들을 따라갔다.

"단야 양, 상자를 열어보시겠습니까?"

울프가 자신이 가져온 종이상자를 가리키며 말했다.

그가 테이프를 꼼꼼하게 붙여두어서 상자를 열기 위해서는 힘껏 찢어서 뜯어야 했다. 마침내 상자를 열자, 그 안에는 양초가 가득 들어 있었다. 빨갛고 큰 양초였다.

"크로노미터는 이제 더 이상 탑승을 제한하지 않습니다. 모든 추적자들은 필요한 만큼 양초를 신청할 수 있어요. 단야 양, 당신의 공로에 감사하며 이 상자를 드립니다. 이제 기계 장치가 무사히 작동해서 전체 노선을 운행할 수 있게 되었어요."

단야는 부엌으로 달려가 성냥을 찾아와서 승강장에 양초 하나를 놓고 불을 붙였다. 곧바로 단야의 주변이 붉게 물들었다.

"뭐 하는 거니, 단야야?"

엄마가 떨리는 목소리로 물었다.

울프는 승강장으로 나와 북쪽을 바라보았다. 그는 문 위에 걸려 있는 시계를 보더니, 선로가 노래하기 시작하자 미소를 지었다.

"제시간에 맞춰 왔군요."

단야는 엄마의 손을 잡고, 난다는 아빠의 손을 잡았다. 그리고 콘라드의 가족과 함께 열차에 올라탔다.

단야는 처음에 객차에서 나는 냄새가 무엇인지 몰랐지만, 콘라드는 크게 웃었다.

"미트볼이네. 오늘 밤은 미트볼 냄새가 나."

"이건 페리가 가장 좋아하는 음식이야."

단야가 말했다. 울프는 그들을 향해 미소 지었다.

"맞아요. 오늘 밤엔 비르기트를 도와주는 조수가 있거든요."

엄마와 아빠가 각자 자리에 앉았다.

"이게 진짜인가요?"

열차가 속도를 올리자, 엄마가 떨리는 목소리로 물었다.

"물론이죠."

울프가 두 권의 안내 책자를 꺼내서 그들에게 건네주었다.

"젊은이들의 용기와 최고의 공학 기술 덕분에 야간열차가 모두에게 열렸습니다. 몇 개의 역을 지나면 내릴 수 있어요. 부디 여러분의 할머니를 댁으로 모셔 올 수 있기를 바랍니다. 제가 듣기로는 할머니께서 사라지셨다고 하더군요."

"할머니를 모셔 온다고요?"

"안내 책자에 더 자세히 나와 있으니 읽어보세요. 저는 10번 역을 추천합니다."

단야의 손을 잡은 엄마가 너무 힘을 주고 있어서 손목이 부러질 것만 같았다. 단야는 엄마를 안심시키기 위해 자리에서 일어나 창밖을 가리켰다. 가족들 모두 단야의 옆에 나란히 섰다.

"여기가 2번 역이에요."

단야가 역사의 굴뚝에 묶인 채 정박해 있는 보트들을 가리키며 말했다.

"곧 3번 역에 도착할 거예요. 저도 거기는 한 번도 가본 적이 없지만, 보세요! 풍선으로 가득해요!"

역을 하나둘 지나칠 때마다 단야의 손을 꽉 잡고 있던 엄마의 손에서 점점 긴장이 풀렸다. 심지어 단야가 콘라드와 15번 역에서 롤러코스터를 탔던 이야기를 들려주자 웃기까지 했다.

야간열차는 10번 역에서 속도를 줄였다. 울프는 그들이 내리는 것을 보며 손을 흔들었다. 야간열차는 계속해서 달렸다.

"이제 더 이상 기념품은 필요 없어요."

"기념품?"

난다의 말에 엄마가 물었다.

단야는 자신이 처음 역에 왔을 때 얼마나 무서웠는지 떠올렸다.

"이젠 그냥 기다리기만 하면 돼요."

"같이 들어가요."

콘라드가 앞장서며 말했다.

"엄마 아빠와 모든 빵과 케이크를 맛보기로 약속했어. 엄마는 이제 내가 하는 모든 말을 영원히 믿겠다고 했으면서도, 세상에 그렇게 많은 생크림 케이크가 있을 리 없다고 했어. 그래서 직접 보여드릴 거야!"

문이 닫히기 전 그들이 마지막으로 들은 것은 투레의 떠들썩한 웃음소리였다.

단야의 엄마도 따라 들어가고 싶어 하는 눈치였다. 그때 누군가의 목소리가 들렸다.

"너희들 모두 왔구나!"

엄마와 아빠는 천천히 돌아보았다. 할머니가 승강장을 걸어오고 있었다. 엄마는 흐느껴 울었다. 단야는 할머니에게 달려가 목에 매달렸다. 그 바람에 둘 다 넘어질 뻔했다.

"이제 집에 갈 수 있어요, 할머니. 우리가 오르골을 찾았어요!"

"나는 너희가 해낼 줄 알고 있었단다. 난다와 네가 함께 말이야."

"집에 돌아가면 할머니는 예전처럼 돌아가나요? 아니면 다시 힘들어지지는 않을까요?"

"그건 별로 중요하지 않아."

할머니가 단야의 뺨을 쓰다듬으며 말했다.

"모든 게 예전처럼 돌아가기를 원할 때는, 언제든 야간열차를 타면 되니까."

할머니는 단야의 어깨에 손을 얹고 시선을 맞추었다. 단야는 웃음을 터뜨렸다. 할머니가 무슨 말을 할지 이미 알고 있었기 때문이다.

"이게 누구신가요?"

할머니가 갈라지는 목소리로 물었다.

"초콜릿을 파는 상인이에요."

단야가 말했다.

"초콜릿이구나!"

할머니가 단야를 꼭 끌어안았다. 단야는 할머니의 목에 얼굴을 파묻었다. 할머니에게서는 포근한 털실 냄새와 갓 구운 빵 냄새가 났다.

"제가 진짜 초콜릿 상인이 아니라는 거 아시죠? 할머니?"

할머니가 크게 웃었고, 그 웃음 소리가 단야의 목을 간질였다.

"너는 단야야. 열한 살이고, 잠들기 전에 별들을 보는 걸 좋아해. 다섯 걸음 만에 계단을 올라갈 수 있지. 내가 너를 모를 리가 있겠니?"

Original title: Nattexpressen

Text © Karin Erlandsson 2020
Illustrations © Peter Bergting 2020
Cover design © Caroline Linhult 2020
Published originally in Swedish by Bonnier Carlsen and Schildts & Söderströms
Korean translation copyright © 2025 by Korean Studies Information Co., Ltd.
Korean translation rights are arranged with Helsinki Literary Agency through AMO Agency, Korea
All rights reserved.

이 책의 한국어판 저작권은 AMO 에이전시를 통해 저작권자와 독점 계약한 한국학술정보(주)에 있습니다.
저작권법에 의하여 한국 내에서 보호를 받는 저작물이므로 무단전재 및 복제를 금합니다.

This work has been published with the financial support of FILI-Finnish Literature Exchange.
이 책은 핀란드 문학 교류원 FILI-Finnish Literature Exchange의
지원을 받아 제작되었습니다.

크리스마스 야간열차

초판인쇄 2025년 11월 28일
초판발행 2025년 11월 28일

지은이 카린 엘란드손
일러스트 페테르 베르이팅
옮긴이 이호은
발행인 채종준

출판총괄 박능원
국제업무 채보라
책임편집 권새롬
디자인 공진혁
마케팅 문선영
전자책 정담자리

브랜드 그늘
주소 경기도 파주시 회동길 230 (문발동)
투고문의 ksibook1@kstudy.com

발행처 한국학술정보(주)
출판신고 2003년 9월 25일 제406-2003-000012호
인쇄 북토리

ISBN 979-11-7457-214-1 03850

그늘은 한국학술정보(주)의 소설 출판 전문브랜드입니다.
더운 여름날 그늘 밑에서 편하게 읽을 수 있는 책이라는 의미를 담았습니다.
세상에 없던 이야기를 발굴하고, 우리가 닿지 못한 세계의 그림자를 찾아봅니다.
스토리 속 일상의 즐거움을 발견할 수 있도록 이야기의 쉼터가 되겠습니다.

@geuneul_book

7
6
5
8
9,
10
17
11
15
12
13
14